Alfred Hitchcock

Hitchcocks
Krimikabinett

Keine Tränen für Verräter

Franckh'sche Verlagshandlung
Stuttgart

Aus dem Amerikanischen übertragen von Christine Frauendorf-Mössel
Titel der Originalausgaben, aus denen die Geschichten entnommen wurden: »Alfred Hitchcock's Let It All Bleed Out« und »Alfred Hitchcock's Having A Wonderful Crime«, beide erschienen bei Dell Publishing Co. Inc., New York.

Schutzumschlag von Aiga Rasch

CIP-Kurztitelaufnahme der Deutschen Bibliothek

Keine Tränen für Verräter / [aus d. Amerikan.
übertr. von Christine Frauendorf-Mössel]. –
Stuttgart : Franckh, 1983.
(Hitchcocks Krimikabinett)
ISBN 3-440-05136-6

Franckh'sche Verlagshandlung, W. Keller & Co., Stuttgart / 1983

ISBN 3-440-05136-6 / L 9sp Hcs
Satz: Fotosatz Stephan, Stuttgart
Gesamtherstellung durch Artia, Prag

Hitchcocks Krimikabinett
Keine Tränen für Verräter

Reich – oder tot

David A. Heller

Clay Felton, zwanzig Jahre alt, amerikanischer Student auf Europareise, schlenderte mutlos in Ledersandalen, Khaki-Shorts und einem verschwitzten, braunen Sporthemd den schmalen *Oude Zijds Voorburgwal* von Amsterdam entlang. Er hatte gehofft, im *Zeedijk* Viertel in einer billigen Pension ein Zimmer für die Nacht zu finden, doch auf dem Höhepunkt der Touristensaison in Amsterdam waren sämtliche erschwinglichen Unterkünfte – und das waren die, die nicht mehr als acht Gulden, also etwas mehr als zwei Dollar pro Nacht kosteten – belegt. Clay war bereits drei Monate lang mit drittklassigen Bussen und per Fahrrad unterwegs in Europa, hatte in Jugendherbergen und gelegentlich im Heuschober eines freundlichen Bauern übernachtet, und trotzdem war sein knapp bemessenes Reisebudget fast aufgebraucht. In Amsterdam hatte er noch zehn Dollar in der Tasche, und sein Schiff, die *Groot Vreeling,* das letzte für Studenten eingesetzte Passagierschiff nach New York, sollte erst in drei Tagen auslaufen. Trotzdem war es eine schöne Reise gewesen. Clay hatte noch ein Jahr bis zum Abschlußexamen an der Universität, und dann wartete die Armee auf ihn. Schon aus diesem Grund war er froh, wenigstens einen Sommer mit seinen geringen Ersparnissen in Europa verbracht zu haben.

Clay zuckte gelassen mit den Schultern. Irgend etwas würde sich noch ergeben. So war es bisher immer gewesen. Er war hungrig, denn er hatte seit der Tasse Kaffee und den zwei belegten Broten, den sogenannten *broodjes,* die es in jedem Café und jedem Lebensmittelgeschäft in Holland gab, nichts mehr getrunken oder gegessen. Das Abendessen wollte er ausfallen lassen, um Geld zu sparen. Aber er war sich im

klaren, daß er auch bei strikten Sparmaßnahmen kaum bis zur Abfahrt des Schiffes über die Runden kommen würde.
Clay bog vom *Oude Zijds Voorburgwal* in eine spärlich erleuchtete Gasse ein. In dem schmalen Durchgang zwischen den hohen Häuserwänden hingen die Feuchtigkeit und der Gestank, die spät nachts von den Grachten Amsterdams aufstiegen. In dieser Gegend sollten die Preise noch niedriger sein, überlegte Clay. Vielleicht fand er hier hoch oben in einem der Häuser ein billiges Zimmer. Andernfalls mußte er die Nacht auf einer Bank im Bahnhof verbringen. Sein Gepäck hatte er dort bereits zur Aufbewahrung gegeben, um ungehindert auf Zimmersuche gehen zu können. Clay zuckte mit den breiten Schultern und fuhr sich mit der Hand durch das weißblonde Haar. Selbst ihn, der normalerweise ein hoffnungsloser Optimist war, deprimierte die Aussicht, die Nacht in einer der billigen Absteigen verbringen zu müssen, von denen er die besseren bereits gesehen hatte und abgewiesen worden war. Alles, was er jetzt noch finden konnte, würde noch eine Stufe schlechter sein.
Vor dem düsteren Eingang einer schäbigen Pension blieb Clay stehen. Plötzlich packte ihn jemand beim Arm und zog ihn hinein. Sein erster Gedanke war, daß man ihn ausrauben wollte, und er versuchte sich loszureißen. Dann sah er, daß der vermeintliche Angreifer eine Frau war, die wie die Dirnen aus dem *Zeedijk* einen dünnen, roten Kimono trug.
Im nächsten Moment zischte diese ihm auf Englisch zu: »Willst du vielleicht, daß dich jemand sieht? Komm rein! Hinter der nächsten Ecke kann schon die Polente warten.«
Clay war viel zu überrascht und verwirrt, um sich dieser Aufforderung zu widersetzen. Außerdem war er aus Tennessee und zur Höflichkeit erzogen, was es ihm unmöglich machte, einer Frau gegenüber Gewalt anzuwenden. Bevor er wußte, wie ihm geschah, hatte sie ihn in ein Zimmer gezerrt und die Tür hinter ihnen verriegelt. Clay registrierte sofort, daß auch die Jalousien vor dem Fenster heruntergelassen waren.

Dann erst drehte sich die Frau zu ihm um, und ihr Verhalten änderte sich schlagartig. Sie musterte ihn aufmerksam. »Deine Verkleidung ist erstklassig, Eric. Wirklich perfekt. Du siehst tatsächlich wie einer dieser amerikanischen Rucksacktouristen aus.«
Clay unterdrückte ein Lächeln. »Ich gebe mir auch Mühe, echt zu wirken«, murmelte er.
»Es ist dir jedenfalls gelungen. Klaas ist bestimmt zufrieden. Ich erzähle ihm, wie gut du dich getarnt hast. Und jetzt hole ich dein Geld und das Paket.« Damit verschwand sie im Nebenzimmer.
Wie benommen sank Clay auf die Bettkante. Erst allmählich begann sein Denkvermögen wieder zu funktionieren. Ihm wurde klar, daß er offenbar in eine gefährliche Geschichte hineingeraten war. Es sah ganz so aus, als hätte die junge Frau im roten Kimono ihn mit jemandem verwechselt. Ihre panische Angst vor der Polizei verwirrte ihn. Normalerweise ließ die Polizei die Dirnen von *Zeedijk* und ihre Freier in Ruhe. Offensichtlich ging es also um etwas ganz anderes. Clay dachte an Flucht, doch bevor er sich entschließen konnte, kam die junge Frau zurück.
Zum ersten Mal betrachtete er sie genauer. Sie mußte ungefähr fünfundzwanzig Jahre alt sein, und in ihrem außergewöhnlich schönen Gesicht entdeckte er den harten Zug der Frauen aus der Unterwelt. Alles an ihr, der elegante Schnitt ihrer roten Haare, die Art sich zu bewegen und das dezente Make-up im zarten Gesicht mit dem geschwungenen Mund und der tadellosen Haut verrieten Geld und Luxus. Clay ertappte sich dabei, wie er sie bewundernd anstarrte. Sie schien seine Gedanken zu erraten, denn sie errötete unwillkürlich und zog den dünnen, roten Kimono enger um sich.
»Eine Übergabe im Hotel war zu gefährlich«, sagte sie ohne weitere Erklärung. »Das Hotel wird überwacht. Ich mußte also für eine Nacht in die Rolle einer Dirne von Zeedijk schlüpfen.«

Clay Felton nickte. »Gute Idee.«
»Hier ist dein Geld. Zähl es nach, damit später keine Mißverständnisse entstehen. Den Rest bekommst du bei Ablieferung des Pakets in den Staaten.« Sie drückte ihm ein dickes Bündel holländischer Banknoten in die Hand.
Da sie offensichtlich nichts anderes von ihm erwartete, zählte Clay die Scheine. Es waren insgesamt fünftausend holländische Gulden, also tausendvierhundert US-Dollar.
»Hier ist die Ware. Steck sie einfach zu deinem Gepäck. Aber paß bitte gut darauf auf, ja?«
Clay betrachtete erstaunt das bunt bemalte, mit holländischen Schokoladentäfelchen gefüllte und in Zellophan gewickelte Paar Holzschuhe, das sie ihm in die Hand drückte. Auf den Schuhen stand der Slogan *Amsterdam – Venedig des Nordens.* Ähnlich gefüllte Holzschuhe wurden in jedem Souvenirladen Amsterdams für zwei Dollar pro Paar verkauft. Clay fragte sich, was diese Schuhe hier tatsächlich enthalten mochten: Heroin oder Diamanten?
»Gut gemacht«, lobte er. »Damit dürfte ich anstandslos durch den Zoll kommen.«
»Selbstverständlich. Du riskierst gar nichts.«
Das kann ich mir denken, schoß es Clay durch den Kopf, doch er sagte nichts.
»Du solltest jetzt gehen. Ich bringe dich zum Hinterausgang.«
Clay betrachtete die spärlich bekleidete junge Frau forschend. Sie war sehr attraktiv.
»Beeil dich!« drängte sie. »Jede Minute, die du länger als nötig hier bist, kann gefährlich sein. Sie würden dich umbringen.«
Clay antwortete nicht. Er griff in die Tasche seiner Khaki-Shorts, zog ein Päckchen Zigaretten heraus und bot ihr eine an. Sie lehnte nervös ab. Clay zündete sich selbst eine Zigarette an, ohne sie aus den Augen zu lassen.
»Schade. Ein ausgefallener Ort, eine schöne Frau . . . Man sollte sich solche Gelegenheiten nicht entgehen lassen.«

Die schöne Rothaarige wurde erneut verlegen und hüllte sich noch fester in den Kimono. Trotzdem hatte Clay das Gefühl, daß ihr sein Antrag nicht mißfiel. Er hatte die Erfahrung gemacht, daß Frauen es einem Mann eher übelnahmen, wenn er sie mißachtete.

»Mach keine Dummheiten, Eric. Dein Schiff läuft in zwei Stunden aus.«

»Das Schiff verpasse ich schon nicht.« Insgeheim überlegte er, welches Schiff in zwei Stunden auslaufen könnte. Er legte den Arm um ihre Hüfte.

»Nein! Bitte, nicht! Klaas würde dich . . . und mich umbringen, wenn er dahinter käme, daß du mich auch nur angerührt hast.«

Sie starrte ihn aus großen, blauen Augen an. Ihre Stimme klang ehrlich entsetzt und erschrocken.

Clay hätte gern gewußt, wer dieser Klaas war, lächelte jedoch wissend. »Du kannst hier wohl kaum Alarm schlagen, oder? Das könnte die Polizei hören. Und das willst du doch sicher nicht.«

Ohne ihre Antwort abzuwarten, zog Clay sie heftig an sich, doch sie wandte ostentativ den Kopf ab. Vielleicht fürchtete sie tatsächlich, es könnte jeden Augenblick etwas passieren, und wollte ihn deshalb so schnell wie möglich loswerden. Trotzdem hatte Clay das Gefühl – auch wenn es seiner männlichen Eitelkeit entsprang –, daß ihr Widerstand zum Teil nur gespielt war. Ihre blauen Augen glitzerten, und Clay vermutete, daß sie sich in der Rolle der unwiderstehlichen Frau durchaus gefiel. Schließlich machte sie sich doch von ihm frei und führte ihn über eine baufällige Hintertreppe in eine düstere Gasse.

Clay ging in Richtung Bahnhof davon. Er kam jedoch nicht weit. Bereits hinter der dritten Querstraße stieß er auf eine Menschenmenge, die sich an der *Zeedijk Gracht* versammelt hatte und mehreren Polizeibooten zusah, die mit grellen Scheinwerfern die Wasseroberfläche absuchten. Clay reihte sich in die anonyme Menge ein und wartete. Wenige Minuten später wurde an einem Haken die Leiche eines Mannes aus dem Wasser gezogen. Schwere Gewichte waren an seine Knie gekettet. Schlamm bedeckte Gesicht und Augen. Dann ging ein entsetztes Raunen durch die Menge. Man hatte dem Mann brutal die Kehle durchgeschnitten. Clay Felton fiel sofort auf, daß der Tote weißblondes Haar hatte, Khaki-Shorts, Ledersandalen und ein Sporthemd trug und wie ein amerikanischer Student aussah.

Sein erster Impuls war, sich zu verstecken. Selbst auf der kurzen Strecke zum Bahnhof fühlte er sich nicht mehr sicher. Instinktiv lief er auf den dunklen Schatten einer Brücke zu. In Europa schliefen die Ärmsten der Armen unbehelligt unter Brücken. Clay sah, daß er allein war, und kroch unter den Pfeiler einer der zahllosen Brücken Amsterdams.

Da er seit mittags nichts mehr gegessen hatte, wurde sein Hungergefühl plötzlich unerträglich. Kurz entschlossen riß er die Zellophanhülle von einem der Holzschuhe, nahm einen Schokoladenriegel heraus und biß vorsichtig hinein. Dabei brach die Schokolade auseinander, und ein funkelnder Diamant lag in Clays Hand. In beiden Holzschuhen steckten insgesamt vierundzwanzig Schokoladentäfelchen . . . und damit auch vierundzwanzig Diamanten.

Clay setzte sich unter seiner Brücke abrupt auf und atmete tief die feuchte Luft ein. Dann dachte er so angestrengt wie nie zuvor in seinem Leben nach. Der Gedanke, er könnte ein Dieb sein, war ihm nie ernsthaft gekommen. Und plötzlich besaß er ein Vermögen. Die funkelnden Diamanten, die er sorgfältig in seinen Geldgürtel steckte, gaben ihm das Gefühl, eine wandelnde Filiale von Tiffany zu sein. Falls es ihm gelang, die Steine sicher nach Amerika zu bringen, war er ein reicher, falls es ihm nicht gelang, ein toter Mann. So einfach war das. Der Mord an dem Mann, den man aus der Gracht gezogen hatte, war der Beweis, daß der Diamantenschmuggel ein lebensgefährliches Geschäft war. Nicht nur der Schmugg-

lerring, sondern auch die Polizei würde in ganz Amsterdam fieberhaft nach dem Mörder suchen.
Clay hatte weder die Möglichkeit, seine Unschuld zu beweisen, noch kannte er einen Menschen in dieser Stadt, der ihm helfen konnte. Aber was noch schlimmer war: Die Schmuggler konnten jeden Augenblick ihren Fehler bemerken. Es blieb ihm praktisch nichts anderes übrig, als sich zu verstecken.
Aber wo sollte er sich verbergen? Konnte er sich drei Tage lang in einem billigen Hotel verkriechen? Nein, entschied er. In drittklassigen Absteigen würden sie ihn zuerst suchen. Langsam nahm ein gewagter Plan in ihm Gestalt an. Immer wieder ließ er sich jede Einzelheit durch den Kopf gehen, bis er schließlich todmüde einschlief.
Die ersten Verkehrsgeräusche am frühen Morgen in Amsterdam weckten Clay auf. Er wagte sich jedoch erst aus seinem Versteck, als sich die Straßen mit Berufstätigen füllten, die auf dem Weg zu ihrem Arbeitsplatz waren.
Er holte sein Gepäck aus der Gepäckaufbewahrung, ging in die Herrentoilette, wusch sich, kämmte sein Haar, nahm in einer der Kabinen seinen zerknitterten blauen Anzug aus dem Koffer und zog ihn an. Dann rollte er Khaki-Shorts, Hemd und Sandalen zu einem handlichen Paket zusammen und warf es in einem unbeobachteten Augenblick in den Abfallkorb. Nachdem er zufrieden sein Spiegelbild betrachtet hatte, gab er das Gepäck wieder auf.
Als nächstes machte er sich auf die Suche nach einem Friseurgeschäft. Es war einfach, dem Friseur, als er ihn gefunden hatte, klarzumachen, daß er rasiert werden wollte. Weit schwieriger war es schon, ihm zu erklären, daß er auch einen amerikanischen Bürstenhaarschnitt wünschte. Schließlich gelang ihm jedoch auch das. Danach schlenderte Clay den *Damrak* entlang, bis er ein Optikergeschäft gefunden hatte. Der Verkäufer sprach Englisch, und Clay erklärte ihm, daß er seine Brille verloren hätte und unbedingt einen Ersatz

bräuchte. Nachdem der Optiker Clays Sehvermögen mit einigen Sehprobentafeln geprüft hatte, verschrieb er ihm eine schwache Brille gegen Kurzsichtigkeit. Clay suchte sich zu den Gläsern ein dunkles Horngestell aus und betrachtete sich anschließend im Spiegel. Die Verwandlung war fast vollkommen. Er bezahlte die Brille mit einem der Scheine aus dem Bündel, das ihm die Rothaarige gegeben hatte. Das Wechselgeld war beachtlich. Geldsorgen hatte er jetzt jedenfalls nicht mehr. Nach der Brille kaufte er in einem bekannten Herrenbekleidungsgeschäft einen eleganten, konservativen Anzug und einen Hut, um sein weißblondes Haar zu verbergen, nahm dann ein Taxi und fuhr zur V.V.V., der Amsterdamer Touristeninformationsstelle. Von dort aus mietete er ein Zimmer im Hotel *Krasnapolsky.* Clay holte sein Gepäck vom Bahnhof ab und trug sich bereits eine Viertelstunde später in das Gästebuch des Hotels ein.
In seinem Zimmer nahm er ein heißes Bad, bestellte ein Frühstück mit Schinken, Eiern, Toast, guter holländischer Marmelade und einer Kanne Kaffee, streckte sich auf dem weichen, sauberen Bett aus und beschloß, so lange wie möglich den Luxus zu genießen. Falls er sterben sollte, wollte er wenigstens noch etwas vom Leben gehabt haben. Nach dem üppigen Frühstück schlief er erschöpft ein.
Als er wieder aufwachte, wagte er sich in die Hotelhalle hinunter, kaufte die Pariser Ausgabe einer New Yorker Tageszeitung, ging in den Speisesaal, bestellte ein Mittagessen und blätterte die Zeitung durch. Auf der vierten Seite entdeckte er, wonach er suchte:

AMERIKANER IN AMSTERDAM ERMORDET – Der ungeklärte Mord an einem jungen Amerikaner nahmens Eric Phelan, 23, hat gestern in Amsterdam Bestürzung ausgelöst. Aufgrund eines anonymen Hinweises suchte die Polizei gestern nacht einen genau bezeichneten Teil der *Zeedijk Gracht* ab und fand dabei die mit Gewichten beschwerte Leiche Phelans. Sein Mörder hatte ihm die Kehle durchgeschnitten.

Es gibt unbestätigte Gerüchte darüber, daß Phelan mit einem Ring von Diamantenschmugglern in Verbindung stand, die die wertvollen Steine laufend von Holland in die Vereinigten Staaten schmuggeln. Beamte der amerikanischen Zollfahndung hatten Phelan bereits in der vergangenen Woche eingehend verhört, mußten ihn jedoch wegen Mangels an Beweisen wieder freilassen. Inoffiziell heißt es, daß Phelan von einem rivalisierenden Schmugglerring ermordet worden sein könnte . . .

Da es in Amsterdam ganzjährig von Touristen wimmelte, beschloß Clay, daß es am sichersten war, sich offen in der Stadt zu bewegen und in die Rolle eines ganz normalen Touristen zu schlüpfen. Er kaufte einen Stadtführer und besuchte systematisch sämtliche Sehenswürdigkeiten Amsterdams. Drei Tage lang hetzte Clay von Museen zu Kunstgalerien und anderen Sehenswürdigkeiten, ohne daß jemand auf ihn aufmerksam wurde.

Die *Groot Vreeling,* mit der Clay Felton von Amsterdam aus in die Vereinigten Staaten zurückkehren wollte, war als sogenanntes »Studentenschiff« bekannt. Es bot nur wenig Komfort, war jedoch die billigste Möglichkeit, von Europa nach Amerika zu reisen. Die siebenhundert jungen Leute, die das Schiff faßte, zwängten sich jeweils zu dritt und zu viert in eine Kabine, obwohl es eine Reihe teurerer Einzelkabinen gab, die jedoch keine Interessenten fanden. Clay spielte kurz mit dem Gedanken, seine Kabinenreservierung rückgängig zu machen, sich eine Einzelkabine zu besorgen oder mit dem Flugzeug nach Amerika zurückzufliegen, kam jedoch dann zu dem Schluß, daß er damit nur unnötig Aufmerksamkeit erregen würde.

Er verließ das Grand Hotel *Krasnapolsky* und fuhr mit einem Taxi zum Pier. Dort wimmelte es bereits von jungen Leuten. Zuerst konnte Clay keinen Verdächtigen unter ihnen entdecken, und er geriet in Hochstimmung. Er hatte es geschafft! Als er jedoch den Pier entlangging und direkt neben der Laufplanke die rothaarige junge Frau aus *Zeedijk* erkannte, war

er schlagartig ernüchtert. Neben ihr standen ein fetter Mann im dunklen Anzug und zwei große, breitschultrige Gorillas mit Gangstervisagen.
Panik erfaßte Clay. Hatten sie ihn bereits ausfindig gemacht? Es war durchaus logisch, daß sie die Passagiere des Schiffs überprüfen wollten. Schließlich war die *Groot Vreeling* das letzte »Studentenschiff«, das in dieser Saison zwischen Europa und Amerika verkehrte. Der ursprüngliche Plan der Gangster hatte ja vorgesehen, die Diamanten von einem als Student getarnten jungen Mann nach Amerika schmuggeln zu lassen. Jetzt waren die Diamanten irrtümlich jemandem übergeben worden, der auch wie ein Student ausgesehen hatte. Möglicherweise suchten sie nach einem jungen Mann, in dessen Gepäck sich ein Paar mit Schokolade gefüllte Holzschuhe befand.
Clay bezahlte einen Gepäckträger, der seinen Koffer an Bord bringen sollte. Dann machte er kehrt und ging zum nächsten Souvenirladen am Hafen zurück.
»Sprechen Sie Englisch?«
»Ja.«
»Kann ich fünfzig Stück davon haben?« Er deutete auf ein mit Schokolade gefülltes Paar Holzschuhe.
»*Fünfzig,* Sir?« wiederholte der Verkäufer verblüfft.
»Ja. Ich leite eine Werbekampagne für die New Yorker Reederei der *Groot Vreeling.* Ich kaufe fünfzig Stück von diesen Holzschuhpaaren. Könnten Sie dafür sorgen, daß sie an Studenten verteilt werden, die eine Schiffspassage für die *Groot Vreeling* vorweisen können? Die Mädchen bekommen an Bord ein anderes Geschenk.« Clay zog einige Banknoten aus der Tasche.
»Das kann ich natürlich arrangieren, Sir.«
»Ausgezeichnet. Dann geben Sie mir bitte eine Quittung für mein Büro in New York.« Felton versuchte, so echt wie möglich zu wirken. »Und bitte vergessen Sie nicht, zu erwähnen, daß es ein Geschenk der *Groot Vreeling* ist.«

»Sie können sich auf mich verlassen.«
»Es handelt sich um ein Experiment. Falls sich die Sache bewährt, bekommen Sie in Zukunft mehr Aufträge von uns.«
Clay bezahlte über 375 Gulden, nahm seine Quittung entgegen, setzte sich in ein Straßencafé, bestellte eine Tasse Kaffee und beobachtete, wie die fünfzig Paar Holzschuhe schnell verteilt wurden.
Bei dem Gedanken, daß die vier Schmuggler fünfzig Paar Holzschuhe überprüfen mußten, konnte Clay seine Schadenfreude kaum verbergen. Schließlich reihte er sich in die Schlange der Wartenden am Pier ein und ging an Bord. Die Rothaarige, der Dicke und die beiden Gorillas würdigten ihn nur eines flüchtigen Blicks. Mit Hut und Brille und gut gekleidet sah er kaum wie jener ärmliche Student aus, dem die Diamanten übergeben worden waren.
Clays Kabine lag auf dem C-Deck, tief unten im Schiffsrumpf, und war kaum mit dem luxuriösen Hotelzimmer zu vergleichen, das er in den vergangenen drei Tagen bewohnt hatte. Zwei andere Studenten packten in der winzigen Kabine bereits ihre Sachen aus.
»Hallo, ich bin Tony McKenzie aus Toledo, Ohio«, stellte sich ein dunkelhaariger junger Mann freundlich grinsend vor.
»Clay Felton, Nashville, Tennessee«, erwiderte Clay.
»Das ist Howard Braden. Er ist aus Chicago.«
Sie schüttelten sich die Hände.
Wie sich schnell herausstellte, verstand sich Tony besonders gut auf Mädchen. Er musterte Clay abschätzend und beschloß dann offensichtlich, daß er akzeptabel war.
»Was ist? Trinken wir oben in der Bar ein Bier?«
»In Ordnung«, antwortete Clay.
Als sie die Treppe zum A-Deck hinaufgingen, wurde Tony vertraulich: »Clay, ich hab' mich 'n bißchen umgesehen. Und Kontakte geknüpft.«
»So?«
»Das beste, was die *Groot Vreeling* auf dieser Fahrt zu bieten

hat, sind zwei Schönheiten aus Louisville. Wir sind bereits in der Bar mit den beiden verabredet.« Dann fügte er hinzu: »Howard ist ein netter Junge, aber kaum der Typ, auf den hübsche Mädchen fliegen. Wir müssen uns beeilen, unsere Ansprüche geltend zu machen.«

Clay lachte. Insgeheim nahm er an, daß Tony ihn nur als Alibi brauchte, während er ungestört auf die Jagd ging. Als er jedoch Janet Neal und Anne Gardner kennenlernte, mußte er seine Meinung revidieren. Janet war eine attraktive Brünette, mit der Tony bereits eine heftige Bordromanze begonnen hatte. Anne Gardner, eine lebhafte Blondine mit grünen Augen, war zu Clays Erstaunen nicht nur sehr hübsch, sondern auch intelligent. Die Tatsache, daß sie eine Verabredung mit einem Unbekannten angenommen hatte, schien sie verlegen zu machen, doch Clay brauchte nicht lange, um festzustellen, daß er sie mochte.

Als er dann unvermittelt aufsah, fuhr ihm der Schreck in sämtliche Glieder. Die Rothaarige aus *Zeedijk,* ihr fetter, finsterer Begleiter und die beiden Muskelprotze waren als Passagiere an Bord. Vermutlich hatten sie jene Einzelkabinen bezogen, die sich die Studenten nicht leisten konnten. Die vier schlenderten langsam durch die Bar und betrachteten jeden einzelnen aufmerksam. Die darauffolgenden Tage vergingen wie im Flug. Man sonnte sich an Deck, ging schwimmen, essen und tanzen und traf amouröse Verabredungen, soweit dies auf dem übervölkerten Schiff möglich war.

Clay ließ es zu, daß Tony und Janet ihn und Anne praktisch verkuppelten, denn er konnte es sich nicht leisten, den einsamen Wolf zu spielen und sich damit verdächtig zu benehmen. Er ging daher mit Anne schwimmen und tanzen, machte mit ihr Deckspiele, flirtete mit ihr, küßte sie bei Mondschein an Deck und machte ihr spontane und gedankenlose Komplimente. Woran er jedoch Tag und Nacht tatsächlich dachte, waren die Rothaarige und ihre Begleiter und wie er ihnen erfolgreich aus dem Weg gehen konnte.

Die vier gingen gründlich und methodisch vor. Sie waren ständig an Bord unterwegs, überprüften jeden und setzten Präferenzen. Die rothaarige junge Frau war dabei die Gefährlichste von allen. Sie hatte eine äußerst beunruhigende Begabung, sich unauffällig unter eine Gruppe zu mischen, Unterhaltungen zu belauschen und zu versuchen, diejenige Stimme herauszufinden, die sie in jener Nacht in *Zeedijk* gehört hatte. Clay gelang es vorerst, den vier Gangstern aus dem Weg zu gehen, während er seinerseits heimlich die spektakuläre Frau in der hautengen, grünen Stretchhose verfolgte. Seine Blicke in die Richtung der Rothaarigen entgingen auch Anne nicht.

»Wer ist eigentlich die Rothaarige?« fragte Clay Anne und beobachtete seine Zufallsbekanntschaft aus *Zeedijk* mit hochgezogenen Brauen. Anne kannte fast alle an Bord.

»Sie ist Französin und heißt Françoise Bourdon. Sie scheint's dir ja angetan zu haben.«

»Und wer ist ihr dicker Begleiter?«

»Das ist ein gewisser De Jongh, ihr *Onkel*!« warf Tony mit verächtlichem Grinsen ein. »Angeblich ist er im Diamantengeschäft und hat Geld wie Heu.«

»Wenn das ihr Onkel ist, fresse ich einen Besen«, erklärte Anne. Clays plötzliches Interesse für die Rothaarige hatte sie eifersüchtig gemacht. »Sie ist recht hübsch . . . vorausgesetzt, man mag den harten Typ.«

Clay grinste. »Ich persönlich bevorzuge Blondinen mit grünen Augen.« Und dann fügte er hinzu: »Weich und anschmiegsam.«

»Ich weiß manchmal wirklich nicht, was ich von dir halten soll, Clay«, seufzte Anne.

»Warum?«

»Du machst mir laufend solche Komplimente und tust nichts.«

Françoise Bourdon und De Jongh brauchten genau fünf Tage, vierzehn Stunden und achtundreißig Minuten, um Clay ausfindig zu machen. Am viel zu kleinen Swimming-pool herrschte gerade Hochbetrieb. Clay flirtete mit Anne Gardner, ohne richtig bei der Sache zu sein. Sie lachten und unterhielten sich. Er merkte nicht einmal, daß Françoise in einem aufreizend knappen, roten Bikini hinter ihm stand und aufmerksam zuhörte.

Als er sich unverhofft umdrehte, sah er direkt in Françoises blaue Augen. Er wußte sofort, daß sie ihn erkannt hatte.

Danach war es nur eine Frage der Zeit, bis es der raffinierten Françoise gelang, ihn allein zu stellen. Er stand an der Reling, als plötzlich eine Stimme hinter ihm sagte: »Hallo, Mr. Felton.«

Clay wirbelte erschrocken herum. Die rothaarige Françoise musterte ihn lächelnd. »Erinnerst du dich noch an mich?«

Clay hatte den ersten Schreck schnell überwunden. »Natürlich . . . haben wir uns nicht schon am Swimming-pool gesehen?«

Der rote Mund lächelte noch immer. »Und in *Zeedijk,* mein Lieber. Ich habe dir dort offenbar gut gefallen. Es ist wenig schmeichelhaft, so schnell vergessen zu werden!«

Er war viel zu verdutzt, um zu leugnen, und das war offenbar auch zwecklos.

Françoise teilte ihm die schlechten Nachrichten in fröhlich beschwingtem Ton mit: »Verschwenden wir keine Zeit mit langen Vorreden, Chéri. Ich habe deine Stimme sofort wiedererkannt.«

»Was jetzt, Françoise?«

»Ah, du hast dir sogar die Mühe gemacht, dich nach meinem Namen zu erkundigen. Wie galant.«

»Natürlich erinnere ich mich nur zu gut an dich.«

Clay sah Interesse in ihren blauen Augen aufblitzen. Es konnte nicht schaden, ihr mit netten Komplimenten zu schmeicheln. Schließlich befand er sich in einer außerordentlich mißlichen Lage.

Françoise wurde schlagartig ernst. »Wie charmant du sein kannst! Wirklich schade, daß deine Tage gezählt sind . . . es

sei denn, du tust, was Klaas verlangt. Sicher ist dir klar, was dir sonst bevorsteht. Du hast uns da einiges eingebrockt.«
Sie musterte ihn aus ihren blauen Augen nachdenklich, ja beinahe liebevoll. »Du hast Glück, Chéri. Mehr Glück, als je ein Mann, den ich vor dir gekannt habe.«
Clay zuckte mit den Schultern. Er hatte nicht gerade das Gefühl, Glück gehabt zu haben. »Wie kommst du darauf?«
Françoise kehrte zum fröhlichen Plauderton zurück: »Erstens, weil du mich rein zufällig an einen Jungen erinnerst, den ich mal geliebt habe. Das ist lange her . . . es war, bevor gewisse Dinge passiert sind.« Ihre Miene verdüsterte sich einen Augenblick. »Aus diesem Grund habe ich ein gutes Wort für dich bei Klaas eingelegt. Zweitens, und das ist viel wichtiger, kannst du Klaas in dieser Situation nützlich sein. Du solltest dein Glück allerdings nicht überstrapazieren. Klaas ist in der Bar. Er möchte dich sprechen. Wenn dir dein Leben was wert ist, dann sei mit allem einverstanden, was er von dir verlangt.«
Françoise hakte sich bei ihm ein. Lachend und plaudernd gingen sie wie alte Freunde in die Bar. Anne Gardner sah sie und wandte sich ab.
Klaas De Jongh stand auf, um sie zu begrüßen. Sie schüttelten sich die Hand. Clay spürte, wie ihn der dicke Mann aus der Unterwelt interessiert musterte. Die beiden Gorillas saßen ebenfalls am Tisch. De Jongh bestellte eine Runde Martinis und kam sofort zur Sache.
»Ich will die Diamanten wiederhaben, Mr. Felton. Es war ein schlauer Schachzug, Mr. Eric Phelan umzubringen, aber so leicht kommen Sie natürlich nicht davon. Ich habe Geschäftsfreunde in New York. Wenn wir beide uns nicht einigen sollten, überleben Sie den Tag nach unserer Ankunft im Hafen kaum.«
Klaas De Jonghs sanfter Flüsterton machte die Drohung in Clays Ohren nur noch furchterregender.
Er schüttelte den Kopf. »Ich habe Phelan nicht umgebracht.

Das waren andere.«
De Jongh wischte sich mit einem eleganten Herrentaschentuch über das breite Gesicht und lächelte mit gelben Zähnen.
»Möglich. Die Konkurrenz in diesem Geschäft ist hart.«
»Ich hab's jedenfalls nicht getan.«
Klaas hob abwehrend seine fette Hand. »Wen interessiert das schon? Den armen Eric und die Polizei natürlich ausgenommen. Wichtig ist nur, daß ich mit Eric eine geschäftliche Vereinbarung gehabt habe . . . und die sollten Sie jetzt zu Ende führen.«
»Und wie lautete diese Vereinbarung?«
»Zehntausend US-Dollar, Mr. Felton . . . zehntausend US-Dollar dafür, daß Sie die Steine durch den Zoll bringen und sie mir anschließend übergeben. Zehntausend Dollar in bar.«
Clay Felton fühlte, wie ihm heiß wurde und sich sein Puls erhöhte. »Nein, das ist kein besonders großzügiges Angebot, Mr. De Jongh. Die Diamanten sind mindestens eine halbe Million wert.«
De Jongh lächelte. »Na, gut. Um den Preis brauchen wir nicht zu feilschen. Sagen wir zwanzigtausend?«
Clay holte tief Luft, trank mit einem Schluck den Rest Martini aus und erklärte: »In diesem Fall sind wir uns einig, Mr. De Jongh.«
»Ausgezeichnet.« Der fette Gangster strahlte über das ganze Gesicht. Clay schloß daraus, daß De Jongh auch eine höhere Forderung akzeptiert hätte.
»Noch etwas Mr. De Jongh. Ich hoffe, Sie kommen nicht auf die kindische Idee, mich heute nacht über Bord werfen zu lassen. Die Diamanten sind gut versteckt. Außerdem brauchen Sie jemanden, der die Steine durch den Zoll schmuggelt . . . es sei denn, Sie möchten das persönlich übernehmen.«
»Aber, Mr. Felton!« entgegnete De Jongh mit gespielter Entrüstung. »Ich bin ein Ehrenmann!«
»Natürlich.« Clay hatte Mühe, nicht allzu sarkastisch zu klingen. »Danke für den Drink. Wir sehen uns dann morgen

am Zoll.« Clay stand auf und ging an Deck. Dort stand er lange an der Reling und starrte auf die blauen, tanzenden Wellen hinunter, durch die das schäumende Kielwasser des Schiffes eine weiße Linie zog.
Clay war die Vereinbarung mit De Jongh eingegangen, um Zeit zu gewinnen, um wenigstens noch eine Nacht zu leben. Was auch geschah, seine Zukunft sah düster aus. Clay glaubte keinen Augenblick lang daran, daß De Jongh ihm tatsächlich zwanzigtausend Dollar dafür bezahlen wollte, daß er die Steine durch den Zoll brachte. De Jongh hätte ihm leichten Herzens zehn-, zwanzigtausend oder mehr bieten können. Sobald er durch den Zoll war, erwartete ihn dasselbe Schicksal wie Eric Phelan. Die Tatsache, daß er versucht hatte, Diamanten im Wert von einer halben Million Dollar zu stehlen, würde ihm eine reiche und gut organisierte Schmugglerbande wie die von De Jongh kaum verzeihen. Außerdem wußte er viel zu viel von dieser Organisation. Er war ein Sicherheitsrisiko.
Doch was sollte er tun? Clay dachte fieberhaft nach, während er auf den tiefblauen Atlantik hinunterstarrte. Am liebsten hätte er sich versteckt. Er konnte sich sofort im Maschinenraum, in einem Rettungsboot oder einem wenig benutzten Teil des Schiffes verbergen und versuchen, am nächsten Morgen ganz früh heimlich von Bord zu gehen.
Das Dumme war nur, daß das Schiff so überfüllt war, daß es praktisch kein Versteck gab, in dem er sich hätte sicher fühlen können. De Jongh und seine Leute waren gerissene Gangster. Sie beschatteten ihn sicher aufmerksam. Und falls es ihm trotzdem gelingen sollte, zu verschwinden, würden sie im Maschinenraum oder in den Rettungsbooten zuerst suchen und ihn natürlich auch finden. Danach war es für die beiden Gorillas ein leichtes, ihn zu zwingen, das Versteck der Diamanten zu verraten, sich diese zu holen und ihn anschließend über Bord zu werfen.
Clay kam zu dem Schluß, daß es am sichersten für ihn war,

sich so lange wie möglich in der Menge aufzuhalten und leere Aufgänge und Decks zu meiden. Als er in die Bar zurückkam, war diese vollbesetzt, und er atmete erleichtert auf. Tony McKenzie, Anne und Janet Neal entdeckte er mitten in einer Gruppe anderer Studenten. Clay ging zu ihnen.

»Hallo! Darf ich mich zu euch setzten?«

Clay rückte einen Stuhl neben Anne. Man unterhielt sich über die Abschiedsparty des Kapitäns, die am Abend stattfinden sollte, über Vietnam, die Einzugsbefehle, das *Peace Corps,* den amerikanischen Entwicklungsdienst, Moderne Kunst und andere gängige Themen. Anne war entschlossen, sich dem *Peace Corps* anzuschließen. Eine Freundin hatte für die Organisation in Nigeria gearbeitet, und Anne wollte es ihr gleichtun.

»Clay! Du hörst mir gar nicht zu.« Anne lächelte. »Du bist mit deinen Gedanken ja meilenweit weg.«

»Entschuldige.«

»Schon gut. Ich rede wohl zuviel.«

»Ganz und gar nicht. Ich höre dir gern zu. Ich habe nur gerade überlegt, wie schade es ist, daß sich ein hübsches Mädchen wie du in Nigeria vergraben will.«

Anne fühlte sich geschmeichelt, und Clay versuchte ernsthaft, sich auf die allgemeine Unterhaltung zu konzentrieren. Er durfte sich auf keinen Fall etwas anmerken lassen, sondern mußte sich so natürlich und unbeschwert wie möglich benehmen.

Einer aus der Runde schlug vor, schwimmen zu gehen, doch die Mädchen, die bereits die Haare für die Kapitänsparty gewaschen hatten, wollten ihre Frisur nicht zerstören.

»Machen wir doch ein Beilkespiel an Deck!« warf Anne ein.

Alle waren einverstanden. Clay fühlte sich ausgesprochen erleichtert, denn das Spiel an Deck bedeutete, daß die Gruppe zwei weitere Stunden zusammenblieb. Danach war es bereits Zeit, sich zum Abendessen umzuziehen. Und

obwohl es Tony gegenüber unfair war, war Clay entschlossen, den ganzen Abend nicht von dessen und Janets Seite zu weichen.
Anne und Clay spielten so gut, daß sie das Semifinale erreichten. Dabei sagte Clay plötzlich zu Anne: »Tony und Janet gehen heute abend zusammen zur Kapitänsparty. Hast du auch Lust? Dann wären wir zu viert.«
Anne lächelte und erwiderte leise: »Na, endlich. Ich dachte schon, du würdest mich nie zu dieser Party einladen.«
»Warum? Ich dachte, du wüßtest, daß ich es vorhatte.«
Auf sämtlichen Decks drängten sich Passagiere, die die Spätnachmittagssonne noch genießen wollten. Clay fühlte sich sicher und schlug Anne vor, einen Spaziergang an Deck mit ihm zu machen. Als ihnen unverhofft De Jonghs Gorillas über den Weg liefen, zuckte Clay vor Schreck unwillkürlich zusammen, er gab sich jedoch Mühe, sich nichts anmerken zu lassen.
»Clay, mit dir stimmt doch was nicht! Was hast du?«
Clay, der das Mädchen in diesem Augenblick völlig vergessen hatte, drehte sich überrascht zu ihr um. Dabei sah er sie eigentlich zum ersten Mal bewußt. Der ehrlich besorgte Ausdruck in ihren Augen rührte ihn. Er nahm sie in die Arme und küßte sie.
»Du bist in Schwierigkeiten, Clay. Kann ich dir irgendwie helfen?«
»Nein.«
»Hast du irgendwo eine Ehefrau . . . oder eine Verlobte, die dir Kummer macht?«
Annes Anteilnahme bewegte Clay. »Ich kann dir nichts sagen, Anne. Ich habe Probleme . . . aber mit Frauen hat das nichts zu tun.« Clay bereute sofort, Annes Frage überhaupt beantwortet zu haben, merkte jedoch amüsiert, daß Anne über seine Antwort ganz offensichtlich erleichtert war.
»Aber ich helfe dir gern. Ich stelle auch keine Fragen.«
Eigentlich hätte er ihrem Drängen nicht nachgeben dürfen,

doch nach den Tagen großer nervlicher Anspannung fühlte er sich ziemlich am Ende. »Nun, wenn du wirklich was tun willst . . .«
»Ja, das will ich.«
»Dann komm erst mal mit in die Bordbibliothek.« Clay ging mit Anne in eines der Schreibzimmer, nahm sich dort einen Briefumschlag und mehrere Bogen Papier und führte das Mädchen dann in die halbleere Cafeteria.
»Bestell dir was zu trinken. Ich schreibe inzwischen einen Brief.«
Clay adressierte den Umschlag an den Direktor der Zollfahndung in Washington, D.C., und schrieb dann die ganze Geschichte nieder, die er erlebt hatte. Schließlich klebte er das Kuvert zu und gab es Anne.
»Falls mir morgen etwas zustößt – du wirst es sicher erfahren –, gibst du diesen Brief noch in New York auf. Lies ihn nicht! Es ist gefährlich, zu wissen, was darin steht. Wenn nichts passiert, werde ich mir den Brief wieder holen, ihn zerreißen, und wir feiern. Einverstanden?«
»Aber, Clay . . .«
»Du wolltest doch keine Fragen stellen.«
»Gut.« Anne steckte den Brief in ihre Tasche.
Clay, der so auf seine Aufgabe konzentriert gewesen war, daß er De Jongh und seine Muskelprotze ganz vergessen hatte, sah sich zufällig um und entdeckte die drei an einem Nebentisch. Sie beobachteten ihn mit starrem Blick. Fraglos ahnten sie, was in Clays Brief stand und an wen er adressiert war.
»Anne, gib mir den Brief zurück.«
Anne Gardners Blick schweifte nachdenklich von De Jongh zu den beiden muskulösen Typen in den schwarzen Anzügen, dann sagte sie: »Nein, das tue ich nicht.«
»Anne . . . diese Männer sind gefährlich. Sie haben gesehen, daß ich dir den Brief übergeben habe. Wenn du ihn mir nicht wiedergibst, bist du nicht mehr vor ihnen sicher.«
»Das kann ich mir vorstellen. Trotzdem behalte ich das

Kuvert. Und falls etwas passiert, schicke ich den Brief morgen in New York ab. Ansonsten bekommst du ihn zurück.« Anne hielt De Jonghs Blick trotzig stand, bis der fette Gangster zuerst den Kopf abwandte. »Dieser Brief ist offenbar eine Art Lebensversicherung für dich, Clay«, sagte Anne unvermittelt. »Solange diese Leute annehmen, daß ich ihn im Ernstfall abschicken werde, lassen sie dich vielleicht in Ruhe, stimmt's?«

»Aber dabei riskiere ich, daß dir etwas zustößt. Also gib mir den Brief bitte zurück.«

Doch Anne beharrte eigensinnig darauf, den Brief zu behalten. Da die übrigen Gäste bereits auf sie aufmerksam zu werden begannen, nahm Clay Anne beim Arm und zog sie an Deck und zum Swimming-pool, der noch immer von sonnenhungrigen jungen Leuten umlagert war. De Jongh und seine beiden Leibwächter folgten ihnen.

Es war der letzte Tag der Seereise, und viele Liebespaare, die das nahe Ende ihrer Bordromanzen fürchteten, küßten sich leidenschaftlich. Clay führte Anne zu zwei leeren Deckstühlen und nahm sie ebenfalls in die Arme. Dabei flüsterte er ihr ins Ohr:

»Anne, sobald die nächste Gruppe zum Vordeck geht, bringe ich dich in deine Kabine. Schließe die Tür hinter dir ab und mach niemandem auf. Deine Kabinengenossinnen sollen sich die Tür vom Steward öffnen lassen. Und heute abend bleiben wir immer mitten in der Menge, hörst du? Wir dürfen nie allein sein. Verstehst du das?«

»Ja.«

»Und Liebes . . . es tut mir schrecklich leid, daß ich dich in diese Sache hineingezogen habe.«

»Mir tut's gar nicht leid«, murmelte Anne und gab ihm einen Kuß, der vieles versprach.

An diesem Abend spielten sie Katz und Maus. Clay und Anne ließen sich beim Essen lange Zeit, gingen schon früh zur Kapitänsparty und blieben bis zuletzt, während De Jongh und

seine Aufpasser ständig in ihrer Nähe waren. Clay hatte den Verdacht, daß De Jongh ihn inzwischen durchaus für entbehrlich hielt. Vermutlich wollte er selbst die Diamanten durch den Zoll schmuggeln und trachtete Clay daher nach dem Leben. De Jongh wäre dumm gewesen, hätte er sich nicht für diese Lösung entschlossen. Und für dumm hielt Clay den Holländer auf keinen Fall.
Schließlich spielte die Bordkapelle die letzte Nummer. Der Ball war zu Ende. Die Gäste würden jeden Augenblick aufbrechen. Der Augenblick, den Clay am meisten fürchtete, stand kurz bevor. Clay sah zu De Jongh hinüber, der ihn von der gegenüberliegenden Seite des Salons beobachtete, und er glaubte, aus der Miene des Gangsters hämische Vorfreude herauszulesen.
In diesem Moment sagte Anne plötzlich mit fröhlicher Stimme: »Hallo! Alle mal herhören! Ich habe eine Überraschung für euch!« Das laute Stimmengewirr verebbte. Anne stand auf. »Da heute unsere letzte Nacht an Bord ist und viele von uns einen Partner gefunden haben, den sie mögen und den sie lange nicht wiedersehen werden . . .«
Ein Seufzen ging durch die Reihen.
». . . haben sich ein paar von uns Mädchen gedacht, daß es dumm wäre, diese letzte Nacht schlafend zu vergeuden, und eine Deckparty vorbereitet . . .«
Der Vorschlag wurde mit begeisterten Zurufen angenommen.
»Die Stewards haben auf dem Achterdeck Stühle bereitgestellt. Wir können also die letzte Nacht bei Vollmond unter freiem Himmel verbringen . . .«
Ein wahrer Begeisterungssturm brach los.
»Wir werden bis morgen früh, wenn das Schiff in den Hafen von New York einläuft, durchfeiern!« Annes letzte Worte gingen im Freudengeheul der Passagiere unter.
Anne und Clay führten den Zug auf das Achterdeck an, wo bereits zahllose Stühle mit Decken bereitstanden.

Überwältigt wandte sich Clay an Anne: »Du bist ein verdammt kluges Mädchen«, sagte er bewundernd.
Anne lächelte. »Und in mir steckt noch viel mehr, mein Lieber. Ich kann kochen, nähen, flicken . . . einfach alles, was man von jungen Damen aus gutem Hause so erwartet.«
Sie führte ihn zu zwei Deckstühlen in der Mitte. Als sie sich küßten, flüsterte Anne: »Ich glaube kaum, daß diese Männer es wagen, vor zweihundert Zeugen einen Mord zu begehen, oder?«
»Nein, das halte ich auch nicht für wahrscheinlich.«
»Dann sollten wir die Sache vorerst vergessen, Liebling.«
Die lange Nacht, vor der sich Clay so sehr gefürchtet hatte, wurde ein unvergeßliches Erlebnis . . . doch auf ganz andere Art und Weise, als er angenommen hatte.
Bei Tagesanbruch machte die *Groot Vreeling* in New York fest. Clay plante, als erster von Bord zu gehen. Auf diese Weise hoffte er, De Jongh und seine Leibwächter doch noch abzuhängen. Sobald er durch den Zoll wäre, würde er verschwinden und Anne später in ihrem Hotel anrufen.
Doch nach der romantischen Nacht war der folgende Morgen ernüchternd. De Jongh und seine Männer waren ihm zuvorgekommen. Sie warteten bereits an der Laufplanke, um ebenfalls von Bord zu gehen. Clay saß in der Falle. Im Gedränge der Leute, die das Schiff verlassen wollten, fand sich Clay plötzlich neben De Jongh und seinen Muskelprotzen wieder. Sie nahmen ihn in die Mitte. Er gab seine Zollerklärung ab, zeigte der Grenzpolizei seinen Ausweis und dem Beamten vom Gesundheitsamt seinen Impfpaß. Dann war er plötzlich der erste bei der Zollkontrolle. Der Zöllner in weißem Hemd und schwarzer Krawatte lächelte freundlich. »Willkommen zu Hause. Wo ist Ihr Gepäck?«
Clay lächelte verlegen. »Ich habe kein Gepäck. Es ist noch an Bord.«
Der Zöllner runzelte verwundert die Stirn. »Wollen Sie Ihr Gepäck nicht in die Vereinigten Staaten einführen?«

»Nein.« Clay schüttelte den Kopf.
»Haben Sie denn was zu verzollen?«
»Nichts«, antwortete Clay. »Nichts . . . bis auf ein kleines Säckchen mit Diamanten.«
Der Zöllner starrte ihn an, als habe er einen Irrsinnigen vor sich. Clay griff in die Tasche, zog das Säckchen heraus und ließ den Inhalt in die Hand des verdutzten Zöllners rollen.
»Die Steine gehören mir nicht. Sie sind Eigentum dieses Herrn.«
Clay deutete auf Klaas De Jongh, der als nächster an die Reihe kam.
Der Zöllner betrachtete die Diamanten und machte dann einem Polizisten ein Zeichen. »Nehmen Sie den Mann dort drüben fest.«
Der Dicke geriet in Panik und versuchte zu fliehen. Doch die Polizei holte ihn ein, noch bevor er das Ende des Piers erreicht hatte. Françoise und die beiden Leibwächter wurden ebenfalls verhaftet.
Es gab viele Fragen zu beantworten, und es dauerte Stunden, bis man Clay Felton wieder freiließ. Zuvor teilte man ihm jedoch noch mit, daß für Informationen, die zur Verhaftung von Schmugglern führten, eine Belohnung ausgesetzt war, die bis zu fünfundzwanzig Prozent der Schmuggelware oder maximal fünfzigtausend Dollar betrug. Clay konnte also mit einer hübschen Summe rechnen. Er betrat die nächstbeste Telefonzelle, um Anne anzurufen. Die Sache mußte schließlich gefeiert werden.

Die Kaffeepause

Arthur Porges

»Bisher bin ich immer der Meinung gewesen, daß diese sogenannten ›Verbrechen in geschlossenen Räumen‹ nur in Kriminalromanen vorkommen.« Sergeant Blacks Stimme hatte einen jammernden Unterton. Man konnte fast den Eindruck haben, als beschuldige er Gott und die Welt, unfair mit der Polizei umzugehen.

Ulysses Price Middlebie, ehemaliger Professor für Geschichte und Philosophie und Polizeiberater, machte eine nachdenkliche Miene.

»Zweifellos hat dieses Genre in der Kriminalliteratur seinen Ursprung«, erwiderte er gelassen. »Doch das Leben imitiert gelegentlich die Kunst. Ich bin jedenfalls sicher, daß sich viele intelligente und phantasievolle Verbrecher durch Kriminalgeschichten inspirieren und bei der Ausführung ihrer Verbrechen haben leiten lassen.«

»Was bedeutet, daß wir in Zukunft also auch noch den besten Kriminalschriftstellern um eine Nasenlänge voraus sein müssen«, schimpfte der Sergeant. »Ich nehme doch an, daß Sie diesen Schund nicht lesen!«

»Im Gegenteil, mein Lieber«, widersprach Middlebie. »Gute Kriminalromane . . . besonders die kniffligen . . . habe ich von jeher gern gelesen. Und damit vertreibe ich mir auch jetzt die Zeit.« Er betrachtete sein Bein, das er auf einen gepolsterten Stuhl gelegt hatte. Der Knöchel war dick verbunden.

»Ihr Pech . . . ist auch mein Pech«, seufzte Black. »Bei diesem Fall hätte ich Ihre Hilfe wirklich gern in Anspruch genommen. Aber mit diesem Verband sind Sie nicht sehr beweglich. Und wenn Sie etwas davon abhalten kann, mit einem Fernglas über Hügel und durch Täler zu streifen, um Vögel zu beobachten, muß es schlecht um Sie bestellt sein.«

»Erzählen Sie mir trotzdem, worum's geht«, forderte Middlebie den Sergeant auf. »Vielleicht kann ich mich doch noch nützlich machen.« Und sarkastisch fügte er hinzu: »Ich denke schließlich nicht mit dem Fuß, sondern mit dem Kopf ... Und der ist nicht verbunden.«
Black besaß soviel Anstand, leicht zu erröten.
»Da haben Sie natürlich recht«, gab er zu. »Ich habe meistens Ihre geistigen Fähigkeiten in Anspruch genommen. Aber Sie wissen doch, daß ich oft Dinge übersehe, die für Sie aufgrund Ihrer wissenschaftlichen Schulung von großer Bedeutung sind.«
»Richtig. Aber ich möchte trotzdem versuchen, Sie dazu zu bringen, mir auch Einzelheiten zu erzählen, die Sie ganz unbewußt registriert haben. Also fangen Sie an. Die Fakten, bitte!«
»Der Tote ist ein zweiundsechzigjähriger Junggeselle namens Cyrus Denning. Anscheinend hat er sich mit Zyankali vergiftet. Auf der Tasse sind jedenfalls ausschließlich seine Fingerabdrücke. Man hat ihn tot in einem verschlossenen Zimmer gefunden. Er ist die letzte halbe Stunde vor seinem Tod vollkommen allein gewesen ... Vielleicht sollten wir an diesem Punkt zu dem Frage- und Antwortspiel übergehen, das Sie als sokratische Methode bezeichnen. Ich weiß offengestanden nicht, womit und in welcher Reihenfolge ich fortfahren soll.«
»Einverstanden«, stimmte der Professor zu. »Also gut. Sie haben gesagt, das Zimmer sei verschlossen gewesen. Wie?«
»Die Tür war von innen verriegelt ... mit einem schweren Messingriegel.«
»Aha. Und was war mit dem Fenster?«
»Es gibt nur eines. An der Rückseite des Zimmers. Es ist seit Jahren zugenagelt. Wir haben keine Spuren einer gewaltsamen Öffnung gefunden. Daran hat sich niemand zu schaffen gemacht. Dafür lege ich meine Hand ins Feuer. Ich habe mir jeden Zentimeter gründlich mit der Lupe angesehen.«

»Könnte jemand die Scheibe herausgeschnitten und wieder eingekittet haben?« Die grauen Augen des alten Mannes blitzten. »Dieser Trick stammt aus einer Kriminalgeschichte, die ich vor einigen Monaten gelesen habe.«
»Nein, ausgeschlossen. Der Kitt war alt, trocken, hart und rissig.«
»Warum wurde das Fenster zugenagelt?«
»Denning hat sich nicht viel aus frischer Luft gemacht. Außerdem war er ein Geheimniskrämer. Er hielt sich für einen Wissenschaftler und Erfinder. Der Ort, wo er gefunden wurde, ist eine Blockhütte am Lake Bradley. Die Hütte besteht praktisch nur aus einem Zimmer, das gleichzeitig Dennings Labor und Arbeitszimmer war. Die einzige Tür, also die Haustür, hat er meistens von außen zugeschlossen, wenn er die Hütte verlassen hat. Solange er dort arbeitete, wurde sie von innen verriegelt.«
Middlebie runzelte die Stirn. »Vielleicht sollte ich Sie jetzt endlich mal fragen, warum Sie trotz dieser Tatsachen bezweifeln, daß er Selbstmord begangen hat.«
Blacks Mund wurde schmal. »Purer Instinkt . . . und die Tatsache, daß er keinen Abschiedsbrief hinterlassen hat. Ich weiß aus Erfahrung, daß Selbstmörder fast immer eine Erklärung für ihre Tat hinterlassen. Davon abgesehen war Denning steinreich. Ein Vermögen als Köder lockt immer gierige Ratten an.«
»Haben Sie jemand Bestimmten im Verdacht?«
»Selbstverständlich. Den Neffen des alten Herrn. Er ist dabeigewesen, als man ihn gefunden hat, und er wird die zweihunderttausend Dollar erben, und er weiß, wie man sie am schnellsten wieder ausgibt.«
»Er ist also in der Hütte gewesen. Einzelheiten, bitte!«
»Dieser Neffe, er heißt übrigens Jerry Doss, gibt zu, seinen Onkel mittags in der Hütte besucht zu haben. Er hat Denning bei dessen wissenschaftlicher Arbeit gelegentlich geholfen und sich dabei immer ein paar Dollar von ihm ausgeliehen.

Viel hat er allerdings nicht bekommen, denn der alte Herr war ein Geizkragen.
Jedenfalls hat er Denning um ein Uhr dreißig wieder verlassen, und er behauptet, daß sein Onkel zu diesem Zeitpunkt noch gelebt hat. Der alte Herr hat die Tür sofort hinter ihm von innen verriegelt. Danach ist Doss mit dem Boot über den See gefahren – die Strecke beträgt ungefähr hundert Meter – und hat sich eine Weile mit dem Bootsvermieter am Anlegesteg unterhalten. Um diese Jahreszeit war dort natürlich nicht viel los.
Er ist etwa eine halbe Stunde geblieben und dann wieder abgefahren. Zuvor hatte er allerdings den Bootsvermieter gebeten, die Tür zu Dennings Hütte zu beobachten. Meiner Meinung nach kann es sich dabei nur um einen üblen Trick handeln. Der Bursche hat sich ganz offensichtlich ein Alibi konstruiert.«
»Und aus welchem Grund sollte der Bootsvermieter das tun?«
»Er hat dem Mann erzählt, daß Denning in letzter Zeit von Kindern belästigt worden sei, die an seine Tür geklopft und ihm Streiche gespielt hätten. Doss hat behauptet, sein Onkel wolle demjenigen zehn Dollar bezahlen, der die Kinder auf frischer Tat ertappt.«
»Hm, klingt plausibel«, bemerkte Middlebie und grinste trocken. »Der Junge hat Phantasie . . . vorausgesetzt natürlich, er hat die Geschichte tatsächlich erfunden.«
»Da gehe ich jede Wette ein«, entgegnete Black. »Bis dahin jedenfalls ist alles klar. Doss hat die Blockhütte eine halbe Stunde vor dem Tod seines Onkels verlassen und in dieser Zeit auch nicht mehr betreten. Das kann der Bootsvermieter bezeugen, der die Eingangstür der Blockhütte aufmerksam beobachtet hat, weil er sich natürlich die zehn Dollar für die Ergreifung der Kinder verdienen wollte.
Gut eine Viertelstunde, nachdem der Junge den Anlegesteg des Bootsvermieters wieder verlassen hatte, beobachtet der Bootsvermieter, wie er plötzlich laut schreiend gegen die Ein-

gangstür der Blockhütte hämmert. Schließlich macht Doss dem Mann ein Zeichen, zu ihm herüberzukommen. Als der Bootsvermieter vor der Blockhütte anlegt, erzählt Doss ihm, er habe zufällig durchs Fenster gesehen, daß sein Onkel entweder tot oder bewußtlos sein müsse. Da das Fenster auf der Rückseite der Hütte liegt, war der Junge dort natürlich völlig unbeobachtet. Jedenfalls haben sie die Tür mit dem schweren Messingriegel mit vereinten Kräften aufgebrochen und Denning mit dem Oberkörper über dem Schreibtisch beim Fenster liegend aufgefunden. Er war tot. Neben ihm stand die Tasse mit dem Gift.«

»Könnte Denning nicht schon getötet worden sein, bevor Doss die Hütte verlassen hat und über den See gefahren ist?« erkundigte sich der Professor.

»Das macht mich ja gerade stutzig«, stöhnte Black. »Die Tasse auf dem Schreibtisch neben dem Toten enthielt kochendheißen Kaffee. Er muß also erst wenige Minuten zuvor eingeschenkt worden sein – und das Zyankali ist im Kaffee gewesen. Kaltes Wasser genügte dem alten Herrn offenbar nicht für seinen Selbstmord. Er mußte das Gift ausgerechnet in frischem, heißem Kaffee zu sich nehmen.

Aber das ist noch nicht alles!« fuhr der Kriminalbeamte erregt fort. »Im Aschenbecher lag eine brennende Zigarette, die erst kurz zuvor angezündet worden sein mußte.« Black starrte den Professor erwartungsvoll an.

»Hm«, murmelte Middlebie. »Langsam verstehe ich, was Ihnen so zu schaffen macht.«

»Es muß also Selbstmord gewesen sein, und ich bin ein Idiot«, seufzte Black, der sich etwas beruhigt hatte. »Mir gefallen nur das unverschämte Grinsen und die listigen Augen des Jungen nicht. Er hat die ganze Sache irgendwie arrangiert, und ich möchte ihm unbedingt auf die Schliche kommen.«

Der Professor schwieg eine Weile, in Gedanken versunken. Dann sagte er beiläufig: »Sie haben doch sicher Sherlock Holmes gelesen.«

Black starrte Middlebie verständnislos an.
»Ich denke an seinen Bruder Mycroft«, fuhr Middlebie lächelnd fort.
»Mycroft?«
»Mycroft ist, wie ich jetzt, ziemlich unbeweglich gewesen. Nur war bei ihm seine Leibesfülle und Faulheit die Ursache. Er hat einige kniffelige Fälle von seinem Sessel aus gelöst, während der Bruder Sherlock die Beinarbeit gemacht hat.« Middlebie sah Black fragend an. »Warum versuchen wir's nicht mal mit dieser Methode?«
»Ich bin inzwischen bereit, alles zu versuchen«, erwiderte der Sergeant. »Als Laufbursche bin ich gut. Manchmal glaube ich sogar, es ist das einzige, was ich kann.«
»Unsinn! Sie sind intelligent und haben Phantasie«, versicherte der Professor ernst. »Aber kommen wir zur Sache. Ich möchte, daß Sie mir großformatige und technisch einwandfreie Fotos vom Inneren des Labors, von der Außenansicht der Blockhütte und deren Umgebung bringen . . . und zwar aus sämtlichen möglichen Blickwinkeln.« Seine Miene verdüsterte sich. »Sind Sie eigentlich sicher, daß der Türriegel aus massivem Messing und nicht nur messingfarben gestrichen ist?«
»Gestrichen? Nein, warum . . .« Er verstummte abrupt. »Ich werde das feststellen«, sagte er dann entschlossen.
»Tun Sie das, und geben Sie mir Bescheid. Ist in diesem Labor ein Telefon?«
»Ja.«
»Dann rufen Sie mich von dort aus an. Und vergessen Sie die Fotos nicht!«
»Sie können in circa drei Stunden mit meinem Anruf rechnen. Die Aufnahmen dürften bis morgen nachmittag entwickelt sein.«
»Gut.« Middlebie wartete, bis der Sergeant gegangen war. Dann zog er eine Schreibtischschublade auf, nahm eine Flasche Whisky heraus, stand auf und humpelte mühsam durchs

Zimmer, um sich sein Lieblingsgetränk aus Whisky, Bier und braunem Zucker zu mixen. Dieses trank er schließlich langsam und genüßlich, während er angestrengt nachdachte.
Genau zwei Stunden und achtundvierzig Minuten später rief Black an.
»Der Riegel scheint tatsächlich aus Messing zu sein«, erklärte der Sergeant. »Jedenfalls ist er nicht aus Eisen, Stahl, Aluminium oder Blei.«
»Hm, schade«, murmelte Middlebie enttäuscht. Nach einer Weile meldete er sich wieder mit schärferer Stimme: »Kratzen Sie die Oberfläche des Riegels ab, Sergeant, und untersuchen Sie ihn mit dieser Lupe, auf die Sie so stolz sind. Rufen Sie mich wieder an, sobald Sie was Interessantes entdeckt haben.«
»Wonach soll ich denn überhaupt suchen?« erkundigte sich der Sergeant gereizt.
»Untersuchen Sie den Riegel sorgfältig, dann werden Sie schon sehen«, antwortete der Professor und legte auf.
Eine halbe Stunde später klingelte erneut das Telefon. Diesmal klang Blacks Stimme erregt.
»Woher haben Sie das gewußt?« begann er. »Jemand hatte den Riegel präpariert. Sieht so aus, als habe man ein Loch hineingebohrt und einen Stöpsel eingesetzt.«
»Aha«, murmelte Middlebie zufrieden. Ich gehe jede Wette ein, daß dieser Stöpsel aus Eisen ist. Meine erste Hypothese hat sich damit als richtig erwiesen.«
»Worum geht's eigentlich?« erkundigte sich Black gespannt.
»Das sage ich Ihnen, sobald ich die Fotos habe«, entgegnete der Professor. »Sie bringen Sie doch morgen, oder?«
»Worauf Sie sich verlassen können. Können Sie mir nicht wenigstens . . .«
»Morgen«, unterbrach Middlebie den Sergeant bestimmt. »Noch ist nicht alles klar. Längst noch nicht alles.« Damit legte er auf.
Am darauffolgenden Tag erschien der Sergeant am frühen

Nachmittag mit einer Serie großer Farbfotos bei Middlebie. Middlebie blätterte ungeduldig den Stapel durch, bis er schließlich ein Foto vom Innenraum der Hütte herausnahm. Er sah es prüfend an und stöhnte.

»Was'n los?« fragte Black.

»Der Tisch«, antwortete Middlebie verächtlich. »Er steht zu weit vom Fenster entfernt. Wenn er direkt vor dem Fenster . . .« Middlebie seufzte. »Tja, offenbar gab es doch keine Möglichkeit, Kaffee und Zigarette ins Zimmer zu zaubern, nachdem die Tür verschlossen war.«

»Keine«, bekräftigte Black. »Natürlich gibt es einen Kamin im Zimmer, aber ich kann mir kaum vorstellen, daß es jemandem gelungen sein könnte, eine Tasse mit heißem Kaffee und eine brennende Zigarette durch den Schacht hinunterzulassen. Außerdem war der Kamin für Wilson, den Bootsvermieter, deutlich sichbar.«

»Damit wäre wieder mal eine gute Theorie zunichte«, sagte der Professor. »Ist der Kaffeetopf eigentlich ebenfalls noch heiß gewesen?«

»Mußte er wohl«, erwiderte Black. »Er stand noch auf dem kleinen Gasofen.«

Middlebie schüttelte voller Bewunderung den Kopf.

»Der Mörder – falls es ihn überhaupt gibt – hat Köpfchen. Der Bursche hat sogar darauf geachtet, daß ihn die Diskrepanz zwischen einer Tasse heißen Kaffees und einem lauwarmen Kaffeetopf nicht verraten konnte. Er hat den Topf einfach auf dem Ofen gelassen. Verdammt schlau von ihm.«

Middlebie betrachtete die Fotos inzwischen etwas skeptischer.

Plötzlich kniff er die Augen zusammen.

»Was ist denn das hinter der Blockhütte – dieses Ding auf dem Eisengestell? Das sieht doch wie ein Teleskop aus.«

»Genau das ist es«, antwortete der Sergeant. »Denning hat sich auch für Astronomie interessiert. Angeblich hat er sogar einen neuen Kometen entdeckt.«

»Es scheint ein Refraktor zu sein.«
»Möglich. Ich hab's mir nicht genauer angesehen.«
»Das sollten Sie aber tun. Stellen Sie den Namen der Firma fest, die das Teleskop hergestellt hat. Aber rühren Sie dabei nichts an. Möglicherweise sind Fingerabdrücke drauf.«
»Wessen Fingerabdrücke? Und warum ist das Teleskop wichtig? Ich wünschte, ich wüßte, was in Ihrem Kopf vorgeht.« Der Sergeant sah den Professor resigniert an.
»Ich sag's Ihnen, sobald ich meiner Sache sicher bin«, beruhigte Middlebie ihn. »Ich möchte schließlich nicht, daß Sie mich für senil halten. Aber seien Sie so gut und untersuchen Sie das Teleskop. Und falls Sie das Firmenzeichen des Herstellers nicht finden, messen Sie wenigstens den Durchmesser der Linse aus. Aber rühren Sie nichts an, verstanden?«
»Na, gut.« Black lächelte flüchtig und fügte hinzu: ». . . Mycroft.«
Middlebie blinzelte erstaunt. Es war das erste Mal, daß Black auf einen seiner Späße eingegangen war. Der Professor atmete auf. Es war Zeit, daß ihr Umgangston lockerer wurde.
»Aber bevor ich gehe«, fuhr Black fort, »möchte ich Sie bitten, mir die Sache mit dem Riegel zu erklären.« Der Sergeant sah direkt in die grauen Augen des alten Mannes. »In diesem Punkt sind Sie sich Ihrer Sache doch offenbar sicher.«
»Ja, natürlich. Ich wollte Ihnen das nicht vorenthalten. Öffnen Sie den Schrank dort drüben. Im zweiten Fach von oben liegt etwas, das Sie interessieren dürfte.«
Der Sergeant gehorchte und begriff nicht, warum er nicht längst selbst darauf gekommen war.
»Ja, das ist ein Magnet«, bemerkte Middlebie. »Ein schwerer Magnet. Er wiegt fünf Pfund und hat eine Magnetfeldstärke von zweitausend Gauß. Und ich glaube, daß ein solcher Magnet stark genug ist, um damit selbst durch eine dicke Holztür einen Messingriegel vorzuschieben, in den man ein Stück Eisen eingesetzt hat. Haben Sie bemerkt, ob die Riegelvorrichtung leicht gängig – also möglicherweise gut geölt ist?«

»Und wie! Sie funktioniert glänzend«, erwiderte Black erregt. »Das ist es also. Wie dumm von mir, daß ich nicht gleich darauf gekommen bin. Doss brauchte nur die Hütte zu verlassen, die Tür zuzumachen und mit Hilfe des Magnets den Riegel vorzuschieben.« Black drehte den schweren Magnet in der Hand. Plötzlich verdüsterte sich seine Miene. »Aber die Sache mit dem heißen Kaffee und der brennenden Zigarette haben wir noch immer nicht geklärt. Wir wissen, daß der Bursche eine halbe Stunde lang weggewesen ist. In dieser Zeit hätte der Kaffee kalt werden und die Zigarette verglühen müssen.«
»Ich habe mir auch schon den Kopf darüber zerbrochen«, antwortete Middlebie. »Aus diesem Grund habe ich auch gehofft, der Tisch würde näher am Fenster stehen. Wie war am Mordtag übrigens das Wetter?« fragte er unvermittelt.
»Gut. Es war kühl, klar und sonnig. Jeder außer diesem alten Herrn hätte den Tag draußen verbracht oder wenigstens das Fenster geöffnet, um die frische Luft zu genießen.«
»Die Menschen sind eben verschieden«, seufzte Middlebie. »Also überprüfen Sie bitte das Teleskop.«
Black hätte offensichtlich gern noch mehr Fragen gestellt, doch die starre und abweisende Miene des Professors hielt ihn davon ab. Mit einem Seufzer verabschiedete er sich.
Als der Sergeant am Abend wiederkam, prüfte Middlebie gerade sein kombiniertes Fernglas-Mikroskop und schien über die Störung wenig erfreut zu sein. Schließlich rückte er mit einem resignierten Seufzen seinen Stuhl zurück und zog fragend die Augenbrauen hoch.
»Und?«
»Das Firmenzeichen des Herstellers konnte ich nicht finden, aber die Linse hat einen Durchmesser von 12,5 Zentimetern.«
»Gut. Bei diesem Durchmesser beträgt die Brennweite der Linse ungefähr hundertfünfzig bis zweihundertfünfundzwanzig Zentimeter.«
»Und was bedeutet das?« Blacks Stimme hatte einen

gereizten Klang. Er hatte das ständige Hin- und Herfahren satt und wünschte beinahe, er hätte den Fall als Selbstmord abgetan.

»Meines Erachtens ist folgendes passiert«, begann Middlebie. »Doss hat seinen Onkel besucht und vielleicht ein bißchen bei der Laborarbeit geholfen. Dann haben sie gemeinsam Kaffee getrunken. – Diese Kaffeepause war entweder Teil ihres normalen Tagesablaufes oder fand auf Vorschlag des jungen Mannes statt. Im Regal an der Südwand des Labors stehen Flaschen mit chemischen Grundsubstanzen. Sie sind auf Ihren Fotos deutlich zu sehen. Es ist also für Doss nicht schwierig gewesen, Zyankali in den Kaffee des Onkels zu geben. Sobald Denning tot zusammengebrochen ist, wischt Doss sämtliche Fingerabdrücke von der Tasse und drückt Dennings Abdrücke darauf. Dann schließt er die Tür hinter sich ab. Zuvor hat er allerdings noch eine Zigarette in den Aschenbecher gelegt – unangezündet, versteht sich.

Nachdem er den Riegel also mit Hilfe eines Magneten geschlossen hat – ich vermute, daß er das Schloß bereits bei einem früheren Besuch in einem unbeobachteten Augenblick geölt und den Eisenstöpsel eingesetzt hatte –, fährt er mit dem Boot zu Wilson hinüber, um sich das halbstündige Alibi zu verschaffen.

Später ist er zur Blockhütte zurückgekehrt und zur Rückseite gegangen, wo ihn weder Wilson noch sonst jemand sehen konnte, hat das bereits herausgelöste Objektiv des Teleskops genommen und sich ein oder zwei Meter vor das Fenster gestellt. Dann hat er damit das grelle Sonnenlicht direkt auf den Schreibtisch gerichtet.«

»Donnerwetter!« stieß Black heiser hervor. Middlebie runzelte angesichts dieser Unterbrechung mißbilligend die Stirn.

»Ein normales Vergrößerungsglas hätte nichts ausgerichtet, da der Tisch zu weit vom Fenster entfernt stand, aber die Linse mit einer Brennweite von maximal zwei Meter fünfundzwanzig lenkte die Sonnenstrahlen auf Tasse und Aschenbe-

cher, hat den Kaffee erhitzt und die Zigarette angezündet.«
»Und dann ist er schnell zur Eingangstür gerannt und hat Wilson alarmiert«, ergänzte Black. »Sie haben den Fall gelöst. Daran besteht kein Zweifel.« Er schüttelte traurig den Kopf. »Aber wie sollen wir das vor Gericht beweisen?«
»Nun, das Loch, das in den Messingriegel gebohrt worden ist, hat Beweiskraft«, entgegnete der Professor.
»Ich fürchte, das ist nicht genug.«
»Wie steht's mit Fingerabdrücken auf dem Teleskop?«
»Die würden uns auch nicht viel nützen«, wehrte der Sergeant ab. »Schließlich hat der Junge seinem Onkel öfters bei der Arbeit geholfen.«
»Hm«, murmelte Middlebie. »Aber wenn Sie Glück haben, finden Sie Abdrücke auf der Innenseite des Objektivs. Die dürfte Doss schwerlich erklären können. Die Linse eines Teleskops berührt man nicht. Aber ich bin offengestanden der Meinung, daß der Junge von selbst alles gestehen wird, wenn Sie es nur richtig anfangen. Er ahnt nicht im entferntesten, daß wir ihm auf die Spur gekommen sind. Ich vermute, daß er sich ziemlich sicher fühlt.«
Black sah prüfend in das hagere Gesicht des Professors und glaubte den Glanz des Jagdfiebers in seinen Augen zu entdecken.
Middlebie ist nicht der einzige, der so fühlt, überlegte der Sergeant amüsiert. Laut sagte er jedoch nur: »Sie jedenfalls haben Ihren Teil geleistet. Kein Mycroft hätte das besser machen können.«

Keine Tränen für Verräter

H. A. De Rosso

Wilson war nicht dabei, als die Leiche von Rodriguez auf die Straße geworfen wurde, doch Carlito hatte es miterlebt und erzählte ihnen jetzt mit funkelnden Augen, blitzenden weißen Zähnen und vor Wut heiserer Stimme. Almazora, der Anführer der Gruppe, mahnte Carlito wiederholt, seine Erregung zu unterdrücken, denn ihr Treffen fand wie so oft in aller Öffentlichkeit statt. Sie hielten es für klüger, sich ostentativ bei einem harmlosen Sportvergnügen, wie diesem Tennismatch, zusammenzufinden, anstatt sich heimlich und in finsterer Nacht in einem Keller, Hinterzimmer oder einem leerstehenden Haus zu treffen, wozu sie allerdings gelegentlich trotz allem gezwungen waren.

Rodriguez war einer von ihnen gewesen. Jetzt war er tot. Und die Umstände seines Todes waren absichtlich dazu bestimmt, sie, die anderen, einzuschüchtern und in Panik zu versetzen.

Ihr Tennismatch hatten sie schnell vergessen. Sie hatten nicht die Nerven, weiterzuspielen, als sei nichts geschehen. Vielmehr standen sie am unteren Rand des Tenniscourts beisammen, während um sie herum andere Spiele mit der üblichen Geräuschkulisse weitergingen. Wilson wurde sich bewußt, daß sein Herz schnell und heftig klopfte. Unwillkürlich sah er Engracia Flores an und merkte, daß aus ihrem schönen Gesicht alle Farbe gewichen war. Und er fragte sich erneut, warum sie sich überhaupt mit ihnen eingelassen hatte. Er hatte nicht damit gerechnet, sich in sie zu verlieben, als er sich Mateo Almazoras Gruppe angeschlossen hatte.

Almazora kaute auf seiner Unterlippe. Das war eine Angewohnheit, die andeutete, daß er angestrengt nachdachte. Seine Augen hinter den Gläsern der Hornbrille funkelten böse. Almazora, ein schlanker, fast schmächtiger junger

Mann, war der beste Student der Universität, und Wilson mutmaßte, daß er gleichzeitig einer der führenden Köpfe der revolutionären Bewegung war, die bisher noch nicht an die Öffentlichkeit getreten war.
»Die Sache gefällt mir nicht«, murmelte Almazora. »Sie gefällt mir ganz und gar nicht.«
»Meinst du, Rodriguez hat geredet?« fragte Vega. »Glaubst du, die Geheimpolizei weiß über uns Bescheid?«
»Rodriguez hat uns nicht verraten«, warf Carlito ein. »Was sie ihm auch angetan haben, geredet hat er bestimmt nicht.«
»Es gibt Grenzen dessen, was man ertragen kann«, beharrte Vega.
»Rodriguez hat uns nicht verraten«, wiederholte Carlito. »Ich wette mein Leben, daß er es nicht getan hat.«
»Die Wette gilt bereits, Carlito«, entgegnete Almazora sarkastisch. »Hoffen wir zu unseren Gunsten, daß du gewinnst.«
Vega sah sich nervös nach allen Seiten um, als fürchte er bereits überall die Beamten der Geheimpolizei. »Woher sollen wir wissen, daß Rodriguez dichtgehalten hat? Vielleicht ist es besser, wir tauchen für eine Weile unter.«
»Damit wir unsere Gesinnung und Verbindung mit Rodriguez verraten?« Engracia Flores' Stimme hatte leise, aber fest geklungen. Die Farbe war in ihr Gesicht zurückgekehrt. Wilson sah sie an. Das Mädchen war mit Rodriguez' Tod besser fertig geworden, als Wilson hatte hoffen können.
Almazora betrachtete Engracia bewundernd und nickte.
»Engracia hat recht, Vega«, sagte er schließlich. »Wir müssen jetzt die Nerven behalten.« Er musterte Wilson durch seine dicken Brillengläser. »Was meinst du dazu, Wilson? Von dir haben wir bisher noch gar nichts gehört.«
Wilson zuckte mit den Schultern. »Ich glaube nicht, daß wir von der Geheimpolizei etwas zu befürchten haben . . . wenigstens jetzt noch nicht.«
»Dann hatte Rodriguez wohl auch nichts zu befürchten, was?« schnaubte Vega verächtlich.

Wilson musterte Vega kalt. Sie hatten sich von Anfang an nicht gemocht. »Rodriguez ist tot. Wir können ihm nicht mehr helfen. Ich glaube ebenfalls nicht, daß er etwas verraten hat.«
Almazora sah Wilson scharf an und kaute dabei nachdenklich auf der Unterlippe. »Und warum glaubst du das nicht?«
»Das liegt doch auf der Hand«, erwiderte Wilson. »Hätte Rodriguez geredet, hätte es die Polizei kaum nötig gehabt, uns mit seiner Leiche zu warnen und zu unüberlegten Handlungen zu veranlassen, anstatt uns sofort zu verhaften.«
Almazora schnippte mit den Fingern. »Das ist das Vernünftigste, was ich heute nachmittag gehört habe. Hätte Rodriguez unsere Namen preisgegeben, säße er jetzt im Gefängnis, und uns erginge es wie ihm zuvor.« Sein Blick schweifte zu den Tennisspielern auf dem Nachbarplatz, die bereits neugierig zu ihnen herübersahen. »Genug jetzt«, entschied er. »Wir fallen schon auf. Wir treffen uns ein andermal. Wo und wann, erfahrt ihr rechtzeitig . . .«

Almazora und Wilson begleiteten Engracia Flores zu ihrem Zimmer im Studentenheim. Vega und Carlito waren ihre eigenen Wege gegangen. Wilson spürte Verlangen nach Engracia, doch das Furchtbare, das geschehen war und vermutlich noch geschehen würde, betäubte seine Gefühle, so daß sich Engracia und er nur flüchtig küßten, bevor Engracia in ihrem Zimmer verschwand. Kaum hatte sich die Tür hinter ihr geschlossen, fühlte sich Wilson unendlich allein und niedergeschlagen, bis er sich der Realitäten und seiner gefährlichen Aufgabe wieder bewußt wurde.
Mateo Almazora berührte Wilsons Arm. »Komm, Wilson. Unterhalten wir uns noch bei einer Tasse Kaffee.«
Auf der Avenida Suarez setzten sie sich in ein fast leeres Café. Almazora trank schweigend seinen Kaffee und kaute auf der Unterlippe. Wilson, der sonst heißen Kaffee mochte, war das Getränk plötzlich zuwider.
Almazora sah Wilson starr an. Seine Augen hinter den Bril-

lengläsern glitzerten unnatürlich. »Wilson, wir haben einen Spitzel unter uns.«
Almazoras unverblümte Feststellung ließ Wilson zusammenzucken, doch er hatte sich schnell wieder in der Hand. Almazora war diese Reaktion allerdings nicht entgangen, und er lächelte flüchtig.
»Sag jetzt bloß nicht, der Gedanke sei dir noch nie gekommen! Wie sonst erklärst du dir Rodriguez' Verhaftung und anschließenden Tod?«
»Es . . . es ergibt keinen Sinn.«
Die schlauen Augen verengten sich zu schmalen Schlitzen. »Inwiefern denn nicht?«
»Falls unter uns ein Spitzel ist, warum hat er nur Rodriguez und nicht uns alle verraten?«
Almazora nickte nachdenklich. »Gut überlegt, Wilson. Aber vielleicht war er gezwungen, Rodriguez zu verraten. Möglicherweise war Rodriguez ihm auf die Schliche gekommen, und er mußte seinen Namen preisgeben, um sich zu schützen.«
»Warum ist Rodriguez dann gefoltert worden?«
Almazora zuckte flüchtig mit den Schultern. Sein Mund wurde schmal. »Was kann man denn von der Geheimpolizei dieses Verbrechers auf dem Präsidentenstuhl schon anderes erwarten?« Almazora nannte den Präsidenten des Staates nie beim Namen.
»Was sollte der Spitzel denn sonst noch von uns zu erfahren hoffen?« fragte Wilson. »Er weiß doch bereits, wer wir sind.«
»Da wäre zum Beispiel das Datum, an dem unsere Bewegung offiziell gegründet werden soll, und die Namen unserer Führer. Selbst ich kenne diese noch nicht. Ich habe nur über einen Verbindungsmann Kontakt zur Führung.«
Wilson beobachtete Almazora aufmerksam. »Hast du den anderen von deinem Verdacht was gesagt?«
Almazoras Mundwinkel zuckten spöttisch. »Nein, du bist der erste, Wilson.«

»Warum ich?«
Almazora lächelte erneut. »Du hast bei uns so eine Art Sonderstellung, Wilson. Du bist kein Bürger dieses Landes, sondern ein Austauschstudent aus den USA. Die Motive, die dich veranlaßt haben, dich uns anzuschließen, sind . . . sagen wir . . . rein ideeller Natur. Schon aus diesem Grund ist es unvorstellbar, daß du Spitzeldienste gegen uns leisten solltest. Du hast das Herz eines Patrioten.«
»Danke, Mateo«, erwiderte Wilson lächelnd. »Dann stehe ich also nicht unter Verdacht?«
»Wir sind alle verdächtig, Wilson.«
»Hast du jemand bestimmten im Sinn?«
»Du vielleicht?«
Wilson musterte ihn prüfend. »Was willst du aus mir herausbekommen?«
Almazora lächelte flüchtig. »Nenn einen Namen. Vergiß nicht, wir alle sind verdächtig. Also, sag einfach einen Namen.«
»Dieses Spiel gefällt mir nicht«, entgegnete Wilson. »Du weißt, daß ich Vega gegenüber voreingenommen bin. Ich nenne ihn, weil ich ihn nicht mag, nicht weil ich ihn für einen Verräter halte . . . was nicht heißen soll, daß er keiner ist.«
»Vega«, wiederholte Almazora und nickte. »Ja, das ist eine Möglichkeit. Vega hat mir schon Sorgen gemacht, bevor mir der Verdacht kam, daß ein Spitzel unter uns ist. Er ist nervös, labil und unzuverlässig. Ist dir aufgefallen, daß er sich sofort wie eine verängstigte Maus in ein Loch verkriechen wollte? Der nächste Name, Wilson?«
Wilson zögerte. »Carlito? Er ist nicht intelligent genug.«
»Vielleicht spielt er uns nur was vor. Manchmal kann er sehr schlau und gerissen sein. Das wäre wirklich clever. Ein einfältiger Indianer aus den Bergen, der sich an der Universität nur dank meiner Protektion und Schwindeleien bei Prüfungen über Wasser hält. Wer sollte ihn schon verdächtigen? Weiter, Wilson.«

»Da ist niemand mehr.«
Ein Lächeln huschte über Almazoras Gesicht. »Du hast doch erst angefangen, Wilson.«
»Da bin natürlich noch ich«, antwortete Wilson. »Aber du hast doch schon gesagt, daß ich über jeden Verdacht erhaben bin.«
»Das ist nicht ganz richtig, Wilson. Ich habe gesagt, daß wir alle verdächtig sind.«
Wilson sah Almazora lächelnd in die Augen. »Was willst du? Soll ich mich jetzt verteidigen? Ich bin erst vor drei Monaten aus den Staaten in dieses Land gekommen. Mein Paß und meine Papiere liegen in meinem Zimmer. Ich habe ein Austauschstipendium an dieser Universität und bereite mich auf das Magisterexamen in Sprachwissenschaften vor. Hältst du es wirklich für wahrscheinlich, daß die Geheimpolizei ausgerechnet einen Ausländer als Spitzel bei euch eingeschleust hat?«
»Oh, du übersiehst dabei, daß du ein amerikanischer Gangster auf der Flucht vor dem FBI sein könntest«, entgegnete Almazora mit funkelnden Augen. »Ich bin überzeugt, daß die Geheimpolizei einen amerikanischen Verbrecher mit offenen Armen in ihren Reihen aufnehmen würde.«
»Ich soll ein Gangster sein?« fragte Wilson, und beide brachen in Gelächter aus.
Almazora klopfte Wilson auf den Handrücken. »Du hast doch gehört, was ich gesagt habe. Wir *alle* sind verdächtig . . . ich eingeschlossen.«
»Du?« Wilson lehnte sich auf seinem Stuhl zurück und starrte Almazora an.
Almazora nickte. »Ja, warum nicht? Das wäre doch wirklich ein schlauer Schachzug, oder? Der Anführer unserer kleinen Gruppe, also derjenige, der über jeden Verdacht erhaben sein müßte. Außerdem bin ich derjenige, der zuerst das Datum und die Stunde erfahren wird, wann unsere Bewegung mit ihren Aktionen zum Sturz des Tyrannen im Präsidenten-

palast beginnen will! Und ich bin wohl auch der erste, der die Namen unserer obersten Führer erfährt, nicht wahr?«

»Mateo«, sagte Wilson. »Du solltest nicht so reden. Ich weiß, was die Bewegung für dich bedeutet. Du würdest sie nie verraten. Falls es einen Spitzel gibt, dann ist es entweder Vega oder Carlito.«

»Wilson, mein Freund, du hörst mir nicht zu. Ich habe gesagt, wir sind *alle* verdächtig. Es bleibt ein Mitglied, dessen Name noch nicht gefallen ist.«

Wilson starrte ihn entsetzt an. »Du meinst doch nicht etwa Engracia?«

Almazora nickte. »Doch. Sie gehört zu uns, oder?«

»Machst du Witze?«

Almazoras Mund wurde schmal und hart. »Das mit Rodriguez war kein Witz.«

Wilson wurde wütend. »Das mit Engracia auch nicht.«

»Du bist verliebt in sie, stimmt's?« fragte Almazora leise.

Wilson starrte in seine Kaffeetasse und sah doch nur Engracia vor sich. Er dachte an ihre Küsse und die Wärme ihres Körpers, wenn er sie umarmte, und ein grenzenloses Verlangen erfaßte ihn, in das sich Trauer mischte. Warum mußte sie sich um Politik kümmern, überlegte er ärgerlich. Warum war sie nicht damit zufrieden, ihr Studium zu absolvieren, und überließ das schmutzige und grausame Geschäft der Politik nicht den Männern, die dafür geschaffen waren? Allerdings mußte er sich eingestehen, daß er sie nie kennengelernt und sich nie in sie verliebt hätte, wäre sie kein Mitglied von Almazoras Gruppe.

»Ja, ich denke schon«, antwortete er Almazora. »Sogar sehr verliebt. Und deshalb lasse ich es nicht zu, daß du an ihrer Loyalität zweifelst. Verdächtige die anderen . . . verdächtige mich, aber laß sie in Ruhe! So weit darfst du unsere Freundschaft nicht strapazieren, Mateo.«

Alamazora betrachtete Wilson mit einem merkwürdigen Ausdruck in den Augen. »Du tust mir leid, Wilson. Ihr Nordame-

rikaner seid hoffnungslose Romantiker. Wir sind . . . oder vielleicht sollte ich lieber sagen . . . *ich* bin da anders. Unsere Bewegung ist Mutter, Schwester und Geliebte für mich. Deshalb muß ich auch Engracia Flores verdächtigen. Es interessiert mich nicht, ob sie eine Frau oder ein Mann ist. Sie gehört zu uns und ist deshalb auch verdächtig.«
»Ich will davon nichts mehr hören«, sagte Wilson und stand auf.
Almazora sah sich um. Das Café begann sich langsam zu füllen. Sie waren nicht mehr allein. »Gut. Wir sind sowieso zu laut geworden.« Er musterte Wilson. »Wir sehen uns in der Uni. Bis bald.«
Wilson verließ ohne ein weiteres Wort das Café.
Als er nach Hause kam, sagte ihm seine Zimmerwirtin, daß er am Nachmittag Besuch von einem amerikanischen Ehepaar gehabt hätte. »Sie sind aus Ihrer Heimatstadt«, berichtete sie neugierig und aufgeregt. »Ich habe mir den Namen aufgeschrieben, damit ich ihn nicht vergesse.«
Sie reichte Wilson ein Blatt Papier. Darauf stand: »Mr. und Mrs. Rodney Keywell. Hotel San Martín.« Er zerknüllte den Zettel.
»Wollen Sie die Adresse nicht aufheben?« fragte die Wirtin.
»Das brauche ich nicht. Ich werde sie nicht vergessen.«
»Dann kennen Sie die Leute? Sie haben gesagt, daß sie nur flüchtige Bekannte Ihrer Eltern sind. Aber da sie schon mal hier in unserem Land sind, wollten sie Sie wenigstens kurz besuchen. Erinnern Sie sich an sie?«
»Ja, natürlich.« Und er fügte hinzu: »Gut sogar.«
»Wie schön«, bemerkte die Wirtin lächelnd. »Sie scheinen ziemlich wohlhabend zu sein. Kommen Sie aus einer reichen Familie, Señor Wilson?«
»Nicht alle Nordamerikaner sind reich.«
»Sie sprechen unsere Sprache wirklich ausgezeichnet. Das wundert mich immer wieder.«
»Ich habe das Stipendium bekommen, um Sprachen zu stu-

dieren. Wenn ich nicht begabt wäre, hätte ich das Stipendium nicht erhalten.«
»Ja, natürlich«, murmelte sie. »Werden Sie das Ehepaar aus Amerika besuchen?«
»Ich habe noch zu arbeiten. Vielleicht heute abend.«
»Sie sollten Sie besuchen, Mr. Wilson. Sie sind immerhin weit gereist. Und sie kommen aus Ihrer Heimatstadt. Es wäre eine Schande, wenn Sie die Herrschaften enttäuschten.«
»Ich besuche sie schon!« entgegnete Wilson gereizt. »Und jetzt muß ich, wie gesagt, noch arbeiten!«

An diesem Abend entdeckte Wilson Vega in der Calle Joaquín, achtete jedoch darauf, daß Vega ihn nicht sehen konnte. Wilson begann, Vega zu folgen. Es herrschte reger Betrieb auf den Straßen, so daß es für Wilson nicht schwierig war, unbemerkt zu bleiben. Vega schien nichts Besonderes vorzuhaben. Er trank an einem Kiosk eine Coca-Cola, blätterte an einem Zeitungsstand Bücher und Illustrierten durch, betrachtete die Reklame eines nordamerikanischen Films vor einem Kino und betrat schließlich eine Bar.
Vega saß an der Theke und starrte mit düsterer, grübelnder Miene in ein Glas Bier. Wilson fragte sich, ob er wohl an Rodriguez und den Spitzel dachte, der sich unter den Mitgliedern der Gruppe befinden mußte. Wilson hatte an einem Tisch hinter einer Säule Platz genommen. Von da aus konnte er Vega unauffällig beobachten.
Wilson trank gerade einen Schluck Wein, als Hererra hereinkam. Wilson kannte Hererra. Er war Mitglied der Geheimpolizei, und Wilson erinnerte sich noch gut, wie Almazora ihm kurz nach seinem Beitritt zur Bewegung Hererra gezeigt und erklärt hatte, daß er der brutalste Beamte der Geheimpolizei und bereits für eine Sonderbehandlung vorgemerkt wäre, wenn die Bewegung siegte.
Hererra setzte sich neben Vega, und Wilson beobachtete, wie Vega erschrocken zusammenzuckte, als er den Mann

erkannte. Hererra allerdings starrte stur geradeaus. Der Barkeeper brachte ihm ein Glas Whisky. Vega trank hastig sein Bier aus. Plötzlich drehte Hererra sich um und sagte etwas zu ihm. Der Geheimpolizist hatte eine Zigarre im Mundwinkel und klopfte vielsagend auf seine Jackettaschen. Vega gab ihm eine Schachtel Streichhölzer. Hererra verbrauchte mehrere Zündhölzer, bis die Zigarre zu seiner Zufriedenheit brannte. Dann wandte er sich erneut an Vega. Dieser zuckte jedoch nur mit den Schultern und sah bedeutungsvoll zur Tür. Hererra lachte, klopfte Vega freundschaftlich auf die Schulter und machte keine Anstalten, diesen zurückzuhalten, als er aufstand, um das Lokal zu verlassen.

Wilson erhob sich ebenfalls und folgte Vega.

Vega legte ein schnelles Tempo vor, bis er die Calle Joaquín und ihre Umgebung hinter sich gelassen hatte. Dann erst wurde sein Schritt langsamer, und er schlenderte gemächlich zu seiner Wohnung. Vega betrat das Haus. Wilson wartete im Schatten eines gegenüberliegenden Hauseingangs darauf, daß das Licht in Vegas Zimmer ausginge.

»Du verstehst es perfekt, einen Mann zu beschatten, Wilson.«

Wilson fuhr herum, konnte nur mühsam einen erschrockenen Aufschrei unterdrücken und wollte sich gerade auf den heimlichen Verfolger stürzen, als er Almazora erkannte.

»Mateo«, flüsterte Wilson. »Was machst du denn hier?«

»Dasselbe könnte ich dich fragen.«

»Ich bin Vega gefolgt.«

»Und ich dir.«

Wilson starrte Almazora an. Dieser lachte leise.

»Ich wollte dich besuchen, aber du bist nicht zu Hause gewesen«, erklärte Almazora. »Von deiner Wirtin habe ich dann erfahren, daß du vermutlich bei Freunden aus Nordamerika im Hotel San Martín bis. Dann habe ich dich plötzlich auf der Calle Joaquín entdeckt. Es hat mich, offengestanden, interessiert, was du vorhast, und dabei ist mir aufgefallen, daß du Vega beschattest. Aus Neugier bin ich dir gefolgt.«

»Dann weißt du also alles?« fragte Wilson. »Du hast Vega und Hererra gesehen?«
»Ja.«
»Dann dürfte wohl alles klar sein.«
»Du meinst, daß Vega der Spitzel ist?«
Almazora starrte über die Straße zu dem noch immer erleuchteten Fenster von Vegas Zimmer. Er kaute auf der Unterlippe. »Du beschuldigst also Vega auf Grund dessen, was du heute abend beobachtet hast, ein Spitzel zu sein?«
»Hererra hat mit ihm gesprochen. Hererra schien ihn zu kennen und hat ihn nicht verhaftet.«
»Ich habe aus dem Verhalten der beiden lediglich geschlossen, daß Hererra Vega um Streichhölzer gebeten hat.«
»Könnten sie nicht mit Hilfe der Streichholzschachtel eine Information ausgetauscht haben? Hererra hat sich reichlich Zeit gelassen, um seine Zigarre anzuzünden.«
In diesem Moment ging hinter Vegas Fenster das Licht aus. Almazora zuckte mit den Achseln und steckte die Hände in die Hosentaschen.
»Da hast du natürlich nicht ganz unrecht, Wilson. Trotzdem solltest du die Möglichkeit, daß Vega unschuldig und ein anderer der Spitzel ist, nicht ausschließen.«
»Carlito?« sagte Wilson leise – und fügte kaum hörbar hinzu: »Engracia?«
Almazora machte eine verlegene Geste. »Aus diesem Grund wollte ich dich heute abend noch besuchen – um mich zu entschuldigen. Das bedeutet allerdings nicht, daß Engracia für mich über jeden Verdacht erhaben ist. Das wäre leichtfertig. Dazu steht zuviel auf dem Spiel. Aber ich möchte deine Freundschaft nicht verlieren, Wilson, und als wir uns heute nachmittag getrennt haben, bist du wütend auf mich gewesen. Streitigkeiten können wir uns nicht leisten. Wir müssen zusammenhalten, wenn wir nicht Hererra und seinen Folterknechten in die Hände fallen wollen. Und was Folterungen

betrifft, ist Hererra ja angeblich ein Experte. Ich habe kein Verlangen danach, meine eigenen Erfahrungen mit ihm zu machen.«
Almazoras Blick schweifte über die dunkle, öde Straße, die düsteren Häuserfassaden und leeren Eingänge. »Es ist spät. Soviel ich gehört habe, will man eine Ausgangssperre verhängen. Wir sollten lieber nach Hause gehen, bevor man uns verhaftet, nur weil wir uns verdächtig benommen haben. Gute Nacht, Wilson.«
»Gute Nacht, Mateo.«
Wilson beobachtete, wie Almazora hinter der nächsten Straßenecke verschwand. Dann warf er einen letzten Blick zu Vegas dunklem Fenster hinüber. Viel würde bei seiner Arbeit an diesem Abend nicht mehr herauskommen. Für dich, Engracia, dachte er, habe ich getan, was ich konnte.

Wilson verbrachte den ganzen darauffolgenden Tag in der Universität bei Vorlesungen und in der Bibliothek. Als er nach Hause kam, erwartete seine Zimmerwirtin ihn bereits mit vorwurfsvoller Miene im Korridor.
»Señor Wilson«, begann sie wie zu einem unartigen Kind. »Ihre Freunde aus Nordamerika sind wieder hier gewesen. Sie waren schrecklich enttäuscht, daß Sie sie gestern nicht besucht hatten.«
»Ich war beschäftigt«, erwiderte Wilson. »Ich wollte sie ja besuchen, aber ich konnte mich einfach nicht freimachen. Mein Studium nimmt mich zur Zeit völlig in Anspruch.«
Danach kehrte Wilson wieder in die Bibliothek zurück und blieb, bis sie schloß. Als er als letzter ins Freie trat, war das Bibliotheksgebäude bereits dunkel und leer. Der Nachthimmel über ihm glitzerte sternklar und wirkte unnatürlich nah, denn die Hauptstadt lag in den Bergen. Düstere, sorgenvolle Gedanken beschäftigten ihn.
Langsam und mit gesenktem Kopf ging er gedankenverloren die Straße entlang, als ihn plötzlich die Scheinwerfer eines

Wagens grell blendeten. Er zuckte unwillkürlich zurück und wollte schon davonlaufen. Doch die Stimme von Engracia Flores hielt ihn zurück.
»Howard? Steig ein!«
Die Tatsache, daß sie plötzlich einen Wagen hatte, verwirrte ihn. Er beugte sich hinab und sah hinein. Engracia war allein.
»Woher hast du das Auto?«
»Das ist doch gleichgültig. Wir haben einige Fahrzeuge, die wir bei Bedarf benutzen können. Willst du nicht einsteigen?«
Wilson glitt auf den Beifahrersitz. Engracia ließ den Motor an. Sie lenkte den Wagen durch ruhige, stille Gassen und vermied die Hauptverkehrsstraßen. Engracia war eine geschickte und gute Autofahrerin. Wilson hätte sie gern so vieles gefragt, doch er wußte nicht, womit er anfangen sollte.
»Wir haben den ganzen Abend lang versucht, dich zu erreichen, Howard.«
»Ich war in der Bibliothek.«
»Das haben wir vermutet, nachdem wir dich sonst nirgends finden konnten. Warum hast du keine Nachricht bei deiner Wirtin hinterlassen?«
»Ich hatte ja keine Ahnung, daß mich jemand suchen könnte. Almazora wollte doch nicht, daß wir uns in nächster Zeit als Gruppe treffen.«
»Deine Wirtin hat Mateo erzählt, daß du dich praktisch nur noch zum Schlafen in deinem Zimmer aufhältst.«
»Ich habe viel zu tun. Unsere Treffen haben Zeit gekostet. Ich darf mein Studium nicht vernachlässigen und muß einiges nachholen. Für das Referat in Vergleichender Sprachwissenschaft habe ich gerade erst mit der Stoffsammlung angefangen.« Er sah sie von der Seite an. »Ich habe mich nicht vor euch versteckt.«
Engracia lächelte flüchtig. »Das wissen wir. Außerdem dürfte dir das auch kaum gelingen. Wir sind mehr, als du ahnst, Howard.«
Wilson überlegte, ob Almazora ihr von dem Verdacht bezüg-

lich eines Spitzels und seinen Versuchen, sie gegen jeden Verdacht zu verteidigen, erzählt hatte. Er verwarf diesen Gedanken jedoch wieder, denn Engracia wirkte an diesem Abend kühl und unnahbar, als trennten sie und Wilson Welten. Das machte ihn traurig, und er fühlte sich seltsam verloren.

Wilson sah sich um. Sie hatten die Stadt verlassen und fuhren auf einer kurvenreichen Straße bergab und zu den feuchtheißen Niederungen der Küstenregion hinunter.

»Wohin fahren wir?« fragte er.

»Nicht weit.«

»Wie weit?«

»Das weißt du, sobald wir da sind.«

»Fahren wir zu einem Treffen?«

»Ja.«

»Aber wir haben uns doch noch nie außerhalb der Stadt getroffen.«

»Die Treffpunkte bestimme nicht ich, sondern Mateo, Howard.«

Sie wandte den Kopf und lächelte. Es war ein trauriges Lächeln. »Vertraust du mir nicht?«

»Doch, natürlich. Entschuldige, Engracia.«

»Wir sind gleich da«, murmelte sie und fuhr langsamer.

Vor ihnen lag eine scharfe, gefährliche Kurve. Gelegentlich verloren allzu unvorsichtige und rücksichtslose Fahrer an dieser Stelle die Gewalt über ihr Auto und stürzten über die steile Stützmauer der Straße in die Schlucht hinunter. Keiner hatte je einen solchen Unfall überlebt.

Engracia hielt an. »Hier werde ich dich jetzt verlassen, Howard.«

»Verlassen?«

»Ja. So lauten meine Instruktionen.«

Wilsons Blick schweifte über die Silhouetten der einsamen Berge zur Schlucht hinunter. Das leise Dröhnen des Motors war das einzige Geräusch in dieser bedrückenden Stille.

»Was passiert jetzt, Engracia?«
»Das weiß ich auch nicht.« Ihre Stimme klang besorgt. »Mateo hat mir nur gesagt, daß ich weder hierbleiben noch in die Hauptstadt zurückkehren darf. Ich soll nach San Blas an der Küste weiterfahren. Eigentlich darf ich dir das nicht sagen, Howard, aber ich glaube, daß die Bewegung heute nacht ihre erste Aktion durchführt.«
»Heute nacht?« wiederholte Wilson. »Warum solltest du mich dann hierher bringen?«
»Du sollst Waffen bekommen und zusammen mit einem Sturmtrupp die Hauptstadt erobern. Bist du schon bewaffnet, Howard?«
»Du weißt genau, daß ich keine Waffe besitze.«
»Sie werden sich bei dir mit einem Lichtzeichen bemerkbar machen, sobald sie da sind.«
Plötzlich glitt sie in seine Arme, schmiegte sich an ihn, und ihre Hände liebkosten seinen ganzen Körper. Wilson preßte sie an sich, als wollte er sie nie wieder loslassen.
»Ich passe auf dich auf, Engracia«, flüsterte er. »Keine Angst, ich lasse es nicht zu, daß dir jemand – irgend jemand etwas tut. Das schwöre ich.«
Sie weinte, als sie sich aus seiner Umarmung löste. »Geh jetzt!« sagte sie heiser. »Steig aus und warte. Sie sind bald da. Ich muß weiter nach San Blas. Leb wohl, Howard.«
Wilson stand starr am Straßenrand und sah den roten Rücklichtern nach, die hinter der Kurve verschwanden. Irgendwo in der Ferne schrie schaurig klagend ein Ozelot. Dann war er allein mit der Stille und den einsamen Bergen.

Obwohl er nicht lange warten mußte, kam ihm die Zeit wie eine Ewigkeit vor. Er lief unruhig am Straßenrand auf und ab, blieb kurz am Mauervorsprung über der Schlucht stehen, starrte in den Abgrund hinab, merkte, wie er zu schwanken begann, und trat hastig zurück. Vieles, das er hätte verstehen müssen und doch nicht verstand, ging ihm durch den Kopf.

Zuerst hielt er das Blinken für ein leuchtendes Insekt. Er verharrte bewegungslos auf der Straße und sah zu dem Lichtschein hinauf. Im nächsten Augenblick flammte ein Scheinwerfer auf und tauchte ihn in gleißendes Licht.

»Wie ich sehe, hast du unsere Verabredung eingehalten, Wilson.«

Die Stimme kam nicht aus der Richtung der Lichtquelle, sondern von einer Stelle, die links von Wilson lag. Er wirbelte herum.

»Was für ein Gefühl ist es, an die Stelle zurückzukehren, an der du gestorben bist, Wilson?«

»Almazora!« schrie er. »Bist du's?«

»Du hast meine Frage nicht beantwortet, Wilson. Erinnerst du dich nicht an diese Kurve? Das ist mir unverständlich. Schließlich bist du hier ums Leben gekommen.«

Wilson machte zwei Schritte in die Richtung, aus der die Stimme kam, doch eine andere Stimme, zweifellos die von Carlito, hielt ihn zurück: »Halt! Bleib sofort stehen! Ich habe dich genau im Visier!«

Wilson erstarrte. »Was soll das, Almazora?« schrie er. »Macht ihr euch einen Spaß mit mir?«

»Das ist alles andere als ein Spaß, Wilson. Erinnerst du dich wirklich nicht? Vor drei Monaten ist ein Austauschstudent aus den Vereinigten Staaten namens Howard Wilson auf dieser Straße von San Blas in einem Taxi in Richtung Hauptstadt gefahren. Unglücklicherweise kam das Taxi von der Fahrbahn ab und ist in den Abgrund gestürzt. Trotzdem hat sich ein Howard Wilson an der Universität eingeschrieben und unsere Gruppe unterwandert. Habe ich mich klar genug ausgedrückt?«

Wilsons Herz klopfte zum Zerspringen. Sein einziger Gedanke war zu fliehen, doch seine Beine gehorchten ihm nicht. Der Scheinwerferkegel hielt ihn in seinem Bann.

»Du leugnest nichts? Fällt dir keine plausible Erklärung ein?« fuhr die Stimme voller Spott fort. »Du hättest mich beinahe getäuscht, Wilson. Du warst so wortgewandt, so clever, und Wilsons Unfall ist in der Presse mit keinem Wort erwähnt worden. Außerdem mußtest du schon ein verdammt intelligenter Agent sein, um dich als Student – und noch dazu als nordamerikanischer Student ausgeben zu können. Sie haben dich gut ausgebildet bei der Geheimpolizei – aber eben leider nicht gut genug. Du hast gedacht, du könntest mich auf eine falsche Spur führen, indem du Hererra veranlaßt hast, mit Vega in aller Öffentlichkeit Kontakt aufzunehmen, und unseren Freund auf diese Weise als Verräter abstempeln. Es ist dir beinahe auch gelungen. Allein deine nordamerikanischen Freunde haben dich verraten.«

Und in diesem Augenblick erlebte Wilson am eigenen Leib das Gefühl des Verlorenseins, der Hilflosigkeit und Hoffnungslosigkeit und wußte plötzlich, wie es den armen Teufeln in den Regierungsgefängnissen ergangen sein mußte.

»Ich konnte nicht verstehen, warum du ihnen aus dem Weg gehst, warum du niemanden aus deiner Heimatstadt treffen willst. Das war ungewöhnlich. Deshalb habe ich Señor und Señora Rodney Keywell im Hotel San Martín angerufen. Der Howard Wilson, den sie gekannt haben, war klein, untersetzt und blond. Du hast helleres Haar und eine hellere Haut als die meisten von uns, aber du bist nicht blond und außerdem groß. Wer bist du? Wie verderbt muß man sein, um sein eigenes Volk verraten und verfolgen zu können? Ist es das Geld, das dich lockt? Ein voller Bauch? Du wirst erleben, wie es sich mit viel Geld und einem vollen Bauch stirbt. Carlito?«

Der Scheinwerfer ging aus und blieb erloschen. Die Zeit schien drohend und unheilvoll stehenzubleiben. Wilson wußte, daß sie die Straße zu beiden Seiten abgesperrt hatten und überall an den Hängen waren, und er hörte verräterische Geräusche, die ihm sagten, daß sie näher kamen – doch sie ließen sich Zeit, um ihn zu quälen.

Er war unbewaffnet, so daß sie ihn nicht fürchteten. Er hatte keine Waffe. Davon hatte sich Engracia überzeugt, als sie ihn liebkost hatte. Sie hatte geweint, als sie sich von ihm gelöst hatte, und er fragte sich jetzt, ob sie ihn aufrichtig liebte. Das würde er nie erfahren. Welche Schmerzen sie ihm auch zufügten, sie waren nichts im Verleich zu Engracias Verrat. Doch er hatte kein Recht auf Tränen, denn auch er hatte Verrat begangen: an Rodriguez, als dieser seine wahre Identität entdeckt hatte, und an anderen vor Rodriguez in anderen Teilen des Landes. Er hatte keinen Grund zu weinen, er konnte nur warten.

Großer Gott, dachte er, und es war wie ein stummer Aufschrei, wann werden sie dem endlich ein Ende machen . . .?

Nachtarbeit

James Holding

Es ist merkwürdig, wie eine Kleinigkeit, zum Beispiel ein Ausdruck oder eine Bewegung, plötzlich die Erinnerung an Dinge aus der eigenen Vergangenheit wachrufen kann, an die man jahrelang nicht mehr gedacht hat. Genau das ist mir passiert, als ich bei dem kahlköpfigen, dicken Barkeeper meinen Negroni bezahlte. Da ich in einer fremden Stadt eine Stunde Aufenthalt hatte und nicht wußte, was ich tun sollte, ging ich in ein Lokal namens *Gallagher's Tavern* in der Nähe des Bahnhofs. Die Bar war leer. Außer dem Barkeeper und mir war niemand da. Ich schwang mich auf einen Barhocker und bestellte einen Negroni.

»Einen Negroni«, wiederholte der Barkeeper in einem Tonfall, der durchaus verächtlich klingen konnte. Trotzdem mixte er ihn mir perfekt.

Ein Negroni ist ein reichlich ungewöhnliches Getränk. Seit jemand dafür jedoch einmal den Ausdruck »Samthammer« benutzt hat, habe ich eine Vorliebe dafür. Der Ausdruck gefällt mir ungemein, während ich den Geschmack eigentlich nicht besonders mag. Überhaupt bin ich ein Sprachästhet. Ich ziehe gute Alliterationen dem Alkohol vor. Würziges Englisch statt würzigem Scotch, könnte man sagen. Die meisten meiner Freunde nennen mich aus diesem Grund »Professor« Carmichael. Sie behaupten, ich rede wie ein Professor. Das tue ich natürlich nicht, aber sie glauben es nun einmal, was auf dasselbe hinausläuft. Natürlich bin ich kein echter Professor, sondern eher ein Student – ein Student des Fachs »Wie kommt man schnell und mühelos zu viel Geld«.

Davon wußte der Barkeeper allerdings nichts. Er hielt mich einfach für einen Irren, weil ich um halb drei Uhr nachmittags einen Negroni bestellte.

Ich trank einen Schluck und sah mich im Lokal um. Es war ein schäbiges, heruntergekommenes und deprimierendes Etablissement, aber ich mußte eine Stunde irgendwie totschlagen.
Als ich mich wieder umdrehte, sah der Barkeeper mich an. »Das macht fünfundsechzig Cents«, sagte er.
Ich zog überrascht die Augenbrauen hoch. »Vielleicht trinke ich noch einen«, entgegnete ich. »Soll ich für jeden Drink extra bezahlen?«
»Wenn's Ihnen nichts ausmacht«, erwiderte er gelassen. »Es ist ein Brauch des Hauses. Bei Kunden wie den meinen kann man nicht vorsichtig genug sein.«
Ich war zufällig bei Kasse und gab ihm mit einer lässigen Geste einen Zwanzigdollarschein.
Er nahm die Banknote und ging damit zu der Kasse hinter der Bar. Und dann machte er eine jener unverhofften Bewegungen, von denen ich eingangs gesprochen habe. Er hielt meine Zwanzigdollarnote gegen das Licht und betrachtete sie prüfend von beiden Seiten. Dieses Verhalten rief in mir augenblicklich die Erinnerung an meine ersten schüchternen Versuche in der Welt . . . nun sagen wir, in der Welt des Verbrechens wach, auch wenn diese fünfzehn Jahre zurücklagen.
»Was ist los?« fragte ich amüsiert. »Ist das auch ein Brauch des Hauses? Ich versichere Ihnen, der Zwanziger ist echt.«
Er nickte und öffnete die Kasse. »Er ist echt«, stimmte er mir zu und legte ohne ein Wort der Entschuldigung das Wechselgeld auf die Theke.
Die nostalgische Erinnerung wärmte mein Herz wie eine längst verflossene Teenager-Romanze. »Wie heißen Sie?« fragte ich den Barkeeper.
»Bothwell.« Seine Stimme hatte ihren unpersönlichen Klang verloren. »Ein komischer Name für einen Barkeeper, was?«
»Das finde ich nicht. Es ist ein solider, bedeutungsvoller Name. Ihre Eltern haben wohl für Maria Stuart, die Königin der Schotten, geschwärmt, was?«

Diese geistreiche Anspielung ging offenbar über seinen Horizont. »Keine Ahnung«, antwortete er. »Ich habe meine alten Herrschaften gar nicht gekannt.«
Ich schnalzte mit der Zunge. Der Barkeeper begann, mit einem fleckigen Tuch ein altmodisches Glas zu polieren. »Wissen Sie, Bothwell«, begann ich versuchsweise. »Das, was Sie gerade mit dem Zwanziger gemacht haben, hat mich an eine Geschichte erinnert, die ein Freund vor Jahren erlebt hat.«
Bothwell zog die Augenbrauen hoch. »So, wirklich?«
»Ja. Der Bursche hieß Hank. Er ist inzwischen gestorben.« Ich war nicht mehr zu bremsen. Mein Bedürfnis, darüber zu sprechen, war übermächtig. Natürlich gab es diesen toten Freund Hank gar nicht. Ich selbst, Carmichael, hatte die Geschichte erlebt. »Wollen Sie sie hören?«
»Wenn Sie sie unbedingt loswerden möchten.« Bothwell schien kein besonders begeisterter Zuhörer zu sein.
»Also«, begann ich. »So wie Sie vorhin meinen Zwanziger angesehen haben, nehme ich an, daß Sie eine echte Banknote von einer Fälschung durchaus unterscheiden können.« Ich beschloß, etwas weiter auszuholen, um Eindruck zu schinden. »Wußten Sie, daß 1945 noch Fälschungen im Gesamtwert von 59 000 Dollar auf den Markt kamen, während wir inzwischen die ungeheuerliche Menge von über vier Millionen Dollar erreicht haben? Über vier Millionen, stellen Sie sich das vor.«
Bothwell polierte weiter ungerührt sein Glas. »Sind Sie vom FBI oder was?« fragte er beiläufig.
Ich lachte. »Nein. Diese Informationen schnappt man in meinem Job zwangsläufig auf.«
Eigentlich hatte ich erwartet, daß er etwas mehr Interesse für meinen »Job« zeigen würde, doch Bothwell schwieg beharrlich. »Wußten Sie außerdem«, fuhr ich fort, um ihn endgültig aufzurütteln, »daß sogar während des Bürgerkriegs dreiunddreißig Prozent der von den Staatsbanken ausgegebenen Geldmenge gefälscht gewesen sein soll?«

Bothwell brummte Unverständliches. Ich beschloß daher, mit einem Paukenschlag zu meiner eigentlichen Geschichte überzuleiten: »Ist Ihnen je klar geworden, Bothwell, daß der schnelle technologische Fortschritt im Druckergewerbe das Fälschen von Banknoten so weit vereinfacht hat, daß sich selbst ein zweiundzwanzigjähriger grüner Junge erfolgreich in diesem Geschäft betätigen kann, wenn sich ihm eine günstige Gelegenheit bietet?«

»Also das«, murmelte Bothwell, »das ist mir nicht klar gewesen.«

»Mein Freund Hank hatte davon auch keine Ahnung – bis er in der Untergrundbahn im *Financial Journal* eines anderen Fahrgasts was darüber gelesen hat.«

Ich fand diese Einleitung zu meiner Story ziemlich spektakulär, doch Bothwell zeigte keine Reaktion. Ich ließ mich dadurch nicht beirren. »Mein Freund Hank war damals zweiundzwanzig, also noch ziemlich jung. Nach seinem Schulabschluß in Dartmouth hatte er gerade seinen ersten Job als Laufbursche und Mädchen für alles im Druckbetrieb eines berühmten Colleges angenommen. Hank fing zwar ganz unten an, hatte jedoch die Absicht, sich so schnell wie möglich nach oben, also an die Spitze zu arbeiten. Daher las er praktisch alles, was ihm über Drucktechnik und Druckmaschinen unter die Finger kam, und fragte seinen Chef, den Druckereidirektor, einen Mann namens Colbaugh, bei jeder sich bietenden Gelegenheit eingehend über das Druckereigewerbe aus. Darüber hinaus beobachtete er mit seinem ungewöhnlich scharfen Blick die Angestellten der Firma bei deren unterschiedlichen Arbeiten. Auf diese Weise erregte er selbst als kleiner Laufbursche die Aufmerksamkeit des Direktors und gewann dessen Wohlwollen.«

»Das paßt«, bemerkte Bothwell. Ich lächelte. Jetzt hörte er mir wenigstens zu, und ich mußte mir noch eine halbe Stunde vertreiben.

»Ja«, stimmte ich ihm zu. »Eines Abends wurde Hank dann

ein besonderes Zeichen von Colbaughs Anerkennung zuteil. Colbaugh lud ihn zu sich nach Hause ein und zeigte ihm seine Münzsammlung. Das hatte der Direktor noch bei keinem der früheren Laufburschen getan. Colbaugh war ein anerkannter Sammler. Er hatte sich allerdings aus einem für Hank unverständlichen Grund auf Fünfcentstücke spezialisiert. Hank fiel auf, daß Colbaugh besonders einen Satz ganz gewöhnlicher Fünfcentmünzen wie seinen Augapfel zu hüten schien. Die Kaufkraft dieser Münzen war jedoch so gering, daß ein ehrgeiziger Bursche wie Hank normalerweise weder Gedanken noch Mühe daran verschwendet hätte. Trotzdem heuchelte Hank aus Höflichkeit Interesse für Colbaughs Hobby, und Colbaugh erzählte ihm langatmig von einer Münze, die er für seine Sammlung unter allen Umständen erwerben wollte. Er faselte irgendeinen Unsinn von einem Fünfcentstück mit dem Abbild eines Büffels mit drei Beinen. Hank hörte nur mit halbem Ohr hin, bis Colbaugh ganz beiläufig erwähnte, daß ihn dieses Stück vermutlich gut dreihundertsechzig Dollar kosten würde, weil es so selten war.«
Ich machte eine Pause, um Bothwell Gelegenheit zu geben, etwas zu sagen, eventuell seiner Überraschung über den Wert der Münze Ausdruck zu geben. Bothwell legte sein schmutziges Handtuch beiseite, stemmte beide Hände auf die Theke und sah mich an. Obwohl sein Interesse geweckt schien, sagte er kein Wort.
»›Dreihundertsechzig Dollar‹, wiederholte Hank. ›Sie meinen, dieses Fünfcentstück ist so viel wert?‹ Colbaugh bestätigte das und erzählte Hank, daß er bei seinem Münzhändler Goodblood & Co. für einige Stücke seiner Sammlung sogar noch mehr bezahlt hätte. Daraufhin kehrte Hank sehr nachdenklich und beeindruckt in sein möbliertes Zimmer in der Westside zurück. Und am darauffolgenden Morgen in der U-Bahn auf dem Weg zur Arbeit las er dann zufällig diesen Artikel im *Financial Journal,* von dem ich Ihnen erzählt habe, Bothwell.«

Nachdem er mich mit hochgezogenen Brauen um Erlaubnis gefragt hatte, zündete sich Bothwell eine Zigarette an, blies den Rauch in die Luft und sagte: »Ich habe mich schon gefragt, wann Sie darauf zurückkommen würden.«
Bothwell stieg in meiner Achtung. Immerhin schien er zumindest eine grobe Vorstellung davon zu haben, wie ein versierter Erzähler seine Geschichten wirkungsvoll wiedergibt. Ich nickte und trank noch einen Schluck von meinem Negroni.
»Wie gesagt, der Artikel im *Financial Journal* handelte von Geldfälschungen. Hank erfuhr bei der Lektüre, daß die alten Fälscher wahre Künstler gewesen waren. Sie mußten nämlich die Zehn- oder Zwanzigdollarnote eigenhändig mit der Technik des Stahlstichs auf eine Stahlplatte übertragen und anschließend die Scheine mit Hilfe einer Handpresse drucken – wobei bei jedem Druckvorgang nur zwei oder drei Exemplare hergestellt werden konnten. Mit dieser Methode dauerte es Monate, manchmal Jahre, bis brauchbares Falschgeld im Wert von einigen tausend Dollar hergestellt war. Die Erfindung und Weiterentwicklung des Offset-Verfahrens veränderte die Lage schlagartig, denn mit den Rotationsmaschinen konnte ein Fälscher in kürzester Zeit massenweise Falschgeld drucken – und das auch noch mit einem hohen Präzisionsgrad. Außerdem erklärte der Artikel den Lesern in allen Einzelheiten das fotomechanische Verfahren, nach dem die Reproduktion der Geldscheine stattfand. Dabei mußte man einen echten Geldschein lediglich auf eine chemisch besonders präparierte Platte legen, und auf Knopfdruck konnte man Falschgeld in rauhen Mengen produzieren.«
Bothwell reagierte für seine Verhältnisse geradezu lebhaft: »Echt? Oder soll das ein Witz sein?«
»Nein, das ist kein Witz. Als Hank jedenfalls über die Schulter seines Mitreisenden diesen Artikel gelesen hatte, war ihm klar geworden, daß ihm hier die Chance seines Lebens quasi auf einer Druckplatte präsentiert wurde. Sie können sich sicher denken, warum, Bothwell.«

Bothwell zuckte nur mit den Schultern.
»Sie werden's nicht glauben«, fuhr ich fort und verspürte wie damals vor fünfzehn Jahren angesichts dieser Erkenntnis eine berauschende Erregung, »aber die Universitätsdruckerei, bei der sich Hank seit einem halben Jahr so eifrig betätigte, arbeitete bereits nach dem modernen Offset-Verfahren. Denken Sie nur, Bothwell! Die gesamte Ausrüstung für Fälschungen nach der Do-it-yourself-Methode hatte er praktisch täglich zu seiner Verfügung.«
»Ein Glückspilz.«
»Das dachte Hank auch. Ein unglaublich glücklicher Zufall hatte ihn zum Begünstigten des Schicksals gemacht. Er schwelgte in goldenen Träumen vom Überfluß. Er träumte davon, Millionen zu fälschen und einer der reichsten und mächtigsten Männer der Welt zu werden. Und Hank vergeudete keine Zeit. Noch am selben Tag legte er zielbewußt den Grundstein für sein Projekt, indem er sich unter einem Vorwand den Schlüssel des Direktors zur Hintertür auslieh und von diesem während der Mittagspause ein Duplikat anfertigen ließ. Und in derselben Nacht fuhr er seine erste Nachtschicht, wie man so schön sagt.«
Bothwell nickte zustimmend.
»Gegen Mitternacht betrat er mit Hilfe des Zweitschlüssels die Druckerei und begann mit der Arbeit. Seine bisher so eifrig erworbenen Kenntnisse über Druckverfahren und -maschinen kamen ihm dabei zugute. Hank brauchte nur wenige Nächte, um zu beweisen, daß der Artikel im *Financial Journal* die reine Wahrheit verbreitet hatte. Bereits während der fünften Nachtschicht produzierte er Falschgeld im Wert von vierhundert Dollar in Zwanzigdollarscheinen.«
Ich machte eine Kunstpause. Bothwell wedelte mit seinem schmutzigen Tuch achtlos über die Theke und warf einen bedeutungsvollen Blick auf mein Glas. Ich dachte jedoch nicht daran, einen zweiten Negroni zu bestellen. Ich trinke das Zeug immer sehr langsam, weil ich es ja, wie gesagt, nicht

besonders mag. Bothwell zog die Augenbrauen hoch. Ich faßte diese Geste als Aufforderung auf fortzufahren.

»Da hatte Hank nun vierhundert Dollar und die Aussicht, noch Millionen auf dieselbe Art und Weise zu bekommen. Wie jeder Zweiundzwanzigjährige in seiner Lage war er natürlich ganz versessen darauf, seine Reichtümer unter die Leute zu bringen. Und auf welch aufregende Methode, glauben Sie wohl, ist er verfallen, seine ersten Blüten auszugeben?«

Mit der gequälten Miene eines Mannes, der gezwungen ist, die dämlichen Fragen eines Kindes zu beantworten, sagte Bothwell gehorsam: »Na, auf welche denn?«

»Hank war ein Junge, der viel Sinn für die komischen Seiten des Lebens hatte. Aus diesem Grund beschloß er, sein erstes hausgemachtes Geld für eines jener Fünfcentstücke mit dem dreibeinigen Büffel auszugeben, auf die sein Chef Colbaugh so scharf war. Hank empfand es als wahre Ironie des Schicksals, Blüten im Wert von dreihundertsechzig Dollar für eine echte, billige Münze anzulegen, die er allerdings auf Grund ihrer Seltenheit bei einem Münzsammler zweifellos gegen dreihundertsechzig Dollar in echten Scheinen eintauschen konnte, eine Summe, die Hank dann wesentlich sorgloser verpulvern durfte, als zuvor die Blüten. Können Sie mir folgen, Bothwell?«

Bothwell machte eine wegwerfende Handbewegung und musterte mich geringschätzig.

»Finden Sie nicht auch, daß das ein guter Plan war?« fuhr ich bescheidener fort. »Und er war durchführbar, wie Hank feststellte, als er zu dem Münzhändler Petrarch kam, dessen Geschäft in der Nähe von Hanks Pension in der Westside lag, wie er einer Zeitungsannonce entnommen hatte. Dieser Petrarch, ein schlanker, dunkelhaariger Mann, flößte Hank sofort Vertrauen ein. Hank beauftragte ihn, ihm eine Fünfcentmünze mit dreibeinigem Büffel auf der Rückseite in gutem Zustand zu besorgen. Dafür leistete Hank eine Anzah-

lung von zwanzig Dollar – in echtem Geld, versteht sich. Petrarch versprach, die Münze innerhalb einer Woche zu besorgen. Offenbar wußte Petrarch, daß er das seltene Stück aus der Sammlung eines verstorbenen Sammlers erwerben konnte, die aus Erbschaftsgründen verkauft wurde.«
Bothwell warf erneut einen vielsagenden Blick in mein Glas. Ich deckte die Hand darüber und erzählte ungerührt weiter. »Während dieser Woche produzierte Hank in seinen Nachtschichten ungefähr eine Million Dollar Falschgeld in Zwanzigern. Dabei begann er auch, an seine Sicherheit zu denken, und beschloß, das echte Geld, das er mit dem Münzgeschäft zu bekommen hoffte, dazu zu benutzen, sich mit seinem Vermögen aus Blüten in einer anderen Stadt eine neue Existenz aufzubauen. In einer fremden Umgebung, wo man ihn nicht kannte, glaubte er, größere Chancen zu haben, sein Falschgeld unbehelligt unter die Leute bringen zu können.« Um die Spannung noch zu erhöhen, machte ich eine Pause und trank mein Glas aus.
»Verdammt schlau«, gab Bothwell widerstrebend zu.
Ich sah ostentativ auf meine Uhr. »Tja, als Hank gegen Ende der Woche zu Petrarch kam, wartete dort bereits das Fünfcentstück mit dem dreibeinigen Büffel auf der Rückseite in einem durchsichtigen Umschlag auf ihn. Der Preis betrug dreihundertsechzig Dollar. Hank gab Petrarch siebzehn gefälschte Zwanziger, bedankte sich und verließ den Laden. Hank war begeistert. Er hatte seine Feuertaufe bestanden. Er war geradezu euphorisch gestimmt.«
»Er war was?« erkundigte sich Bothwell. Ich hatte ihn endlich dort, wo ich ihn haben wollte. Er hörte mir gebannt zu.
»Euphorisch . . . in Hochstimmung«, erklärte ich. »Das war kein Wunder, was?«
Bothwell polierte gedankenverloren die Theke mit seinem Tuch.
»Ich nehme an, Sie können erraten, was Hank als nächstes gemacht hat, was?«

»Natürlich«, antwortete Bothwell. »Er hat versucht, die Münze mit dem dreibeinigen Büffel an Goodblood & Co. zu verkaufen.«
Ich nickte. Ich fürchte, ich nickte sogar ziemlich herablassend. »Aber was dann passiert ist, erraten Sie nie.«
Bothwells Hand mit dem Geschirrtuch hielt mitten in der Bewegung inne. »Soll ich's mal versuchen?«
»Bitte!« forderte ich ihn amüsiert auf.
»Also gut«, begann Bothwell. »Hank bot die Münze Goodblood & Co. für dreihundertsechzig Dollar an, aber der Münzhändler war nicht interessiert, stimmt's?«
Im ersten Augenblick war ich sprachlos. Sollte Bothwell schlauer sein, als er aussah? »Stimmt«, gab ich verdutzt zu. »Aber ich wette zehn zu eins, daß Sie nie auf den Grund kommen. Das ist nämlich die Pointe der Geschichte.«
»Die Wette nehme ich an«, erwiderte Bothwell prompt. »Die Münze war 'ne Fälschung. Petrarch hatte bei einem ganz ordinären Fünfcentstück ein Bein des Büffels rausgefeilt und sie zu einem Phantasiepreis einem Idioten namens Hank verkauft.«
Ich starrte Bothwell wie das siebte Weltwunder an. »Wie«, brachte ich schließlich heraus, ». . . wie sind Sie darauf gekommen?«
Bothwell grinste breit und entblößte dabei zwei Reihen blendendweißer Zähne. »Weil wir gerade von der Ironie des Schicksals gesprochen haben: Warum, glauben Sie, habe ich mir Ihren Zwanziger so genau angesehen, als Sie Ihren Drink bezahlt haben? Die Haare sind mir ausgegangen, und ich habe fünfzig Pfund zugenommen, aber mein Familienname ist noch immer Petrarch. Wie wär's mit einem zweiten Glas Negroni, Hank? Auf Kosten des Hauses?«

Ein Sarg für Bertha Stetterson

Donald Honig

Der Mord war bereits im Jahr 1890 geschehen. Trotzdem konnte man die Geschichte von Angehörigen der älteren Generation, denen das sensationelle Ereignis von Eltern und Großeltern überliefert worden war, immer noch hören.

Damals war Capstone eine Siedlung gewesen, die aus Farmland, Wäldern und einer Vielzahl kleiner, runder Hügel bestanden hatte. Heute sind davon nur noch ein paar alte, mächtige Baumriesen übriggeblieben. Das Farmland ist inzwischen von Zweifamilienhausfassaden überzogen, die Hügel sind betoniert, teilweise sogar eingeebnet oder existieren nicht einmal mehr dem Namen nach.

Capstone, gegenüber von Manhattan am East River gelegen, war damals nur mit einer Fähre erreichbar gewesen und hatte daher als ziemlich verlassen und unzugänglich gegolten. Es gab Farmer, die in ihrem Leben nur zwei- oder dreimal den Fluß überquert hatten.

Hinter den Viehfarmen, im Hinterland der Siedlung, lebte Jacob Vandermeer. Er stammte aus einer alten holländischen Siedlerfamilie, die sich um 1700 in Capstone niedergelassen hatte.

Vandermeer, ein großer, stattlicher und schweigsamer Mann, heiratete erst mit Vierzig. Sein Entschluß löste nicht nur deshalb Überraschung aus, weil er von jeher ein eigenbrötlerischer Sonderling gewesen war, sondern vor allem, weil er sich ausgerechnet die Nichte des Richters zur Frau nahm, die als wohlhabend galt, seit sie von ihren kurz zuvor verstorbenen Eltern ein Vermögen geerbt hatte. Bertha Stetterson war eine kleine, schüchterne Frau Anfang Dreißig. Sie hatte ein Mädcheninternat im Norden des Staates New York besucht, weshalb man sie für gebildet hielt, eine Tatsache, die die boden-

ständigen jungen Männer von Capstone zweifellos eingeschüchtert hatte.
Warum Bertha den großen, finsteren Vandermeer heiratete, wußte niemand, aber man vermutete, daß es aus einer Art Torschlußpanik heraus geschehen war.
Schon bald nach der Hochzeit wurde augenfällig, daß Vandermeer seine Farm immer mehr vernachlässigte. Unkraut begann zu wuchern, und Kühe, Schweine und Hühner aus der Nachbarschaft liefen ungehindert auf seinem Land umher. Vandermeer saß tagaus, tagein auf einem Stuhl vor dem Haus und betrachtete die Gegend. Langsam wurde allen klar, daß Vandermeer offenbar beschlossen hatte, mit Hilfe von Berthas Vermögen das Leben eines Gentleman, eines Landedelmannes zu führen. Was Bertha davon hielt, wußte niemand. Sie kam nur noch selten in die Stadt.
Gelegentlich tauchte Vandermeer mit seinem Wagen in der Stadt auf, die damals nur aus Dooleys Restaurant, dem Capstone Hotel, einigen Läden und Hufschmieden, einer Futter- und Getreidehandlung und einer Schenke bestand. Dann saß er auf der Veranda von Dooleys Restaurant, rauchte Pfeife und sprach mit keinem der anderen Männer ein Wort, die sich mittlerweile an sein düsteres Schweigen gewöhnt hatten und sich nur manchmal amüsiert zuzwinkerten, wenn er sich zu ihnen gesellte.
Aber eines Tages stellte einer der Männer, der seine Neugier nicht länger im Zaum halten konnte, Vandermeer die Frage, die alle so brennend interessierte.
»Hast du deine Farm aufgegeben, Vandermeer?«
Vandermeer saß unbewegt auf seinem Stuhl, rauchte, daß ihm Aschestückchen in den Bart fielen, und starrte geradeaus. Zuerst sah es so aus, als wollte er nicht antworten. Auch das war schon vorgekommen. Doch dann nahm Vandermeer die Pfeife aus dem Mund und sagte:
»Ich habe es aufgegeben, meinen Lebensunterhalt damit zu bestreiten.«

»Läßt du das Land einfach brachliegen?«
»So ungefähr.« Damit schob er die Pfeife wieder zwischen die Zähne, und die Unterhaltung war beendet.
Den Rest reimten sich die Männer selbst zusammen, nachdem Vandermeer mit seinem Wagen davongefahren war. Jonah Stetterson, der um fünfzehn Jahre jüngere Bruder des Richters, bestätigte später ihre Mutmaßungen.
»Er hat keine Lust mehr zu arbeiten. Alles, was er tut, ist vor dem Haus sitzen, rauchen und einen Whisky trinken.«
»Wie lange wird er das aushalten?«
»Ein Mann, der es fertigbringt, inmitten einer anregenden Gesellschaft drei Stunden auszuharren, ohne ein einziges Wort zu sagen, schafft es auch, den Rest seines Lebens auf Kosten anderer angenehm zu faulenzen«, erwiderte Jonah.
»Und wie steht Bertha dazu?«
»Es paßt ihr natürlich gar nicht«, antwortete Jonah. »Aber sie traut sich nicht, was zu sagen. Sie hat Angst vor ihm.«
»Und wovon leben sie?«
Jonah machte eine besorgte Miene. »Das ist es ja gerade, was uns Kummer macht. Bertha bewahrt offenbar fast ihr ganzes Barvermögen und den gesamten Schmuck auf der Farm auf.«
»Bleibt sie bei ihm?«
»Sie hat einunddreißig Jahre gebraucht, um einen Mann zu finden«, seufzte Jonah. »Was kann man da erwarten?«
Einige Wochen später kam Vandermeer in die Stadt. Er war zu Pferd.
»Die Frau ist krank«, erklärte er und saß ab.
Die Männer auf Dooleys Veranda tauschten bedeutungsvolle Blicke. Vandermeer kaufte Medikamente und ritt wieder davon. Die Männer blieben schweigend und bedrückt zurück.
Am darauffolgenden Tag kam Jonah Stetterson vorbei.
»Er läßt niemanden zu ihr«, berichtete er. »Weder meine Frau und mich, noch den Richter. Er behauptet, sie sei zu schwach, um Besuch zu empfangen. Die Tür hat er uns mit dem Gewehr in der Hand geöffnet.«

»Wußte gar nicht, daß er eine Waffe hat«, bemerkte Dooley.
»Er hat aber eine«, entgegnete Jonah. »Und wie ich ihn einschätze, macht er auch Gebrauch davon. Der Richter sagt, er habe den Blick eines Irren. Und der Richter hat genug gesehen, um das zu wissen.«
An diesem Abend sagte Jonah zu seinem Bruder: »Wir müssen irgendwie ins Haus kommen. Nicht auszudenken, was er ihr antun kann . . . wenn er's nicht schon getan hat.«
»Wir können unmöglich einfach bei ihm einbrechen«, wehrte der Richter ab. Man sah ihn nie in der Kirche. Wenn ihm etwas heilig war, dann nur das Gesetz.
»Es ist unsere Nichte, die er in seiner Gewalt hat«, erinnerte Jonah ihn.
»Ich weiß, und ich mache mir ebensoviele Sorgen wie du.«
»Morgen versuche ich noch mal, ins Haus zu kommen. Wenn ich mit ihr sprechen kann, überrede ich sie, ihn zu verlassen.«
Der Richter seufzte. »Wenn ich nur jünger wäre!«
»Dann überlaß die Sache mir.«
»Du bist so ungestüm, Jonah!«
»Dazu ist es jetzt auch Zeit. Die Impertinenz dieses Mannes! Ihre Familie nicht zu ihr zu lassen!«
Der Richter seufzte erneut. »Tu, was möglich ist, Jonah! Aber verstoße nicht gegen das Gesetz!«
Am frühen Abend des darauffolgenden Tages überquerte Jonah die Weiden in Richtung Vandermeer-Farm. Schließlich schlug er den Weg ein, der durch den dichten Waldgürtel führte, welcher die Farm umgab. Es begann bereits dunkel zu werden, als er sich Vandermeers Besitz näherte. Am Waldrand blieb er stehen. Der Abend war lau und windstill. Im Wald herrschte friedliche Ruhe, und Bäume, Blätter und Himmel verschmolzen in der Dämmerung zu einem alles überspannenden Baldachin. Plötzlich hörte Jonah laute, rhythmische Hammerschläge, die zu ihm herüberhallten.
Jonah ging vorsichtig über die unbestellten Felder, horchte angestrengt auf das Hämmern und versuchte zu erraten,

was dieses ungewöhnliche und beunruhigende Geräusch bedeuten konnte.
Vandermeers Stuhl vor dem Haus war leer. Das Hämmern kam von der Rückseite der Farm. Jonah sah den gelblich flakkernden Schein einer Laterne, der über die Blätter der Bäume tanzte. Die halb geöffnete Haustür übte eine geheimnisvolle, unwiderstehliche Anziehungskraft auf ihn aus. Er ging darauf zu und trat ein. Drinnen war es dunkel. Jonah war bis dahin nur einmal, am Hochzeitsabend, im Haus gewesen. Er stieg die Treppe hinauf. Im ersten Stock befanden sich nur zwei Räume: das Schlafzimmer und Vandermeers Werkzeugkammer.
Jonah öffnete die Schlafzimmertür und stieß sie lautlos auf. Im nächsten Moment sah er das Bett.
»Bertha«, flüsterte er.
Doch das Bett war leer. Jonah traute seinen Augen kaum. Er ging darauf zu. Laken und Decke waren kalt und straff über die Matratze gezogen. Er sah sich im Zimmer um. Dann trat er ans Fenster. Drunten im Hof ging das Hämmern ungestört weiter, und der Lichtschein flackerte auf den Blättern der Bäume. Jonah sah Vandermeers gebeugten Rücken mit dem dunklen Ypsilon, das die Hosenträger auf das helle Hemd malten, sah ihn langsam und gleichmäßig den Hammer schwingen. Da suchte Jonah das Weite. Leise huschte er die Treppe hinunter, rannte aus dem Haus, am leeren Stuhl vorbei und über die verwilderten Felder in den Wald, gefolgt vom geradezu hypnotischen Echo der nicht enden wollenden Hammerschläge.
Eine halbe Stunde später saß er seinem Bruder gegenüber. Die auch sonst nie heitere Miene des Richters war vor Sorge todernst.
»Sie ist nicht dort gewesen, sagst du?«
»Nein«, erwiderte Jonah noch atemlos von seinem schnellen Lauf und beugte sich auf dem Stuhl nach vorn. »Das Bett war leer«, wiederholte er eindringlich.

»Könnte sie nicht in einem anderen Zimmer gewesen sein?«
»Es hat nirgends Licht gebrannt. Wenn sie da gewesen wäre, hätte sie mich hören müssen.«
»Und er? Bist du sicher?«
»Ich hab's selber gesehen. Er hat ihn zugenagelt.«
»Ein Irrtum ist ausgeschlossen?« fragte der Richter.
»Ja«, versicherte Jonah. »Ich habe in meinem Leben schon viele Särge gesehen. Ich habe mich nicht getäuscht.«
Am darauffolgenden Tag machten sich der Richter, Jonah und ein Farmer namens Adamson bei Sonnenaufgang zu Fuß auf den Weg zu Vandermeer. Der Richter war ganz in Schwarz gekleidet, trug die Melone auf dem weißen Haar, und seine Miene drückte die würdevolle Strenge seines Amtes und persönliche Sorge aus. Keiner der drei sprach auf dem langen Marsch über Felder und Weiden und durch den lichtdurchfluteten Wald ein Wort. Als sie den Waldrand gegenüber Vandermeers Farm erreicht hatten, sahen sie ihn bereits in der Ferne klein und düster, mit schwarzem, dichtem Bart auf seinem Stuhl vor dem Haus sitzen. Je näher sie kamen, desto größer und finsterer wurde er.
Doch bevor jemand etwas sagen konnte, legte Jonah die Hand auf den Arm des Bruders. Der Richter sah ihn an, und sein Blick schweifte ebenfalls zu dem schmalen Holzbrett, das rechts neben dem Haus aufrecht in der Erde steckte. Das Brett warf einen langen Schatten über einen frischen, festgeklopften Erdhügel. Ohne weiter auf Vandermeer zu achten, gingen sie zu der Stelle. Auf dem Holzbrett lasen sie den mit schwarzer Kohle geschriebenen Namen ihrer Nichte, das Datum ihrer Geburt und ihres Todes. Letzteres stimmte mit dem Datum des Vortags überein. Einen Augenblick standen sie sprachlos vor Entsetzen vor dem Grab. Dann wandten sie sich ab und gingen auf den düster dreinblickenden Farmer zu. Er hatte sie die ganze Zeit über nicht aus den Augen gelassen, während er unbeweglich, das Gewehr auf den Knien haltend, auf seinem Stuhl verharrte.

»Mr. Vandermeer«, begann der Richter schneidend, aber beherrscht. »Was hat das zu bedeuten?«
»Ich hatte vor, heute nachmittag zu Ihnen zu kommen und es Ihnen zu sagen«, erklärte Vandermeer.
»Was wollten Sie mir sagen?«
»Daß meine Frau gestorben ist.«
»Gestorben?« wiederholte der Richter.
»Sie ist nie krank gewesen«, warf Jonah ein. »Was haben Sie mit ihr gemacht?«
»Sie war krank«, verbesserte Vandermeer ihn geduldig. »Und ich habe sie beerdigt.«
»Mörder!« schrie Adamson und machte einen Schritt vorwärts. »Wir hatten schon den Verdacht . . .«
Der Richter gebot mit erhobener Hand Ruhe. Der Farmer verstummte, ließ Vandermeer jedoch nicht aus den Augen.
»Woran ist sie gestorben?« fragte der Richter.
»Offenbar am Fieber«, antwortete Vandermeer, und sein kleiner Mund zuckte hinter dem dunklen Bart.
»Ist sie von einem Arzt behandelt worden?« erkundigte sich der Richter. »Haben Sie einen Arzt konsultiert?«
»Es schien zuerst nicht so ernst zu sein.«
»Warum haben Sie ihre Familie nicht benachrichtigt?«
»Dazu war keine Zeit mehr.«
»Sie hatten aber durchaus Zeit, einen Sarg zu nageln«, warf Jonah ein.
Vandermeers Blick, der bis dahin gleichgültig dem Richter zugewandt war, schweifte schnell zu Jonah und musterte ihn feindselig und eindringlich, als wollte er fragen, woher er das wüßte. Schließlich antwortete er: »Ja, nachdem sie gestorben war.«
»Und danach haben Sie sie hier begraben«, bemerkte der Richter.
»Ja«, erwiderte Vandermeer. »Hier sind ihre sterblichen Reste wenigstens vor Grabräubern sicher.« Damit spielte Vandermeer auf die Schändung des Grabes des Dichters Ben-

jamin McKinley aus Capstone an. McKinleys letzte Ruhestätte war einige Wochen zuvor heimlich geöffnet worden, weil man seine Gedichte suchte, die angeblich mit ihm begraben worden waren.
Später waren zwei Männer verhaftet worden, die eine Leiche auf einem Pferdekarren transportiert hatten. Sie hatten den Toten im Auftrag eines Arztes aus Little Village bei Capstone gestohlen. Daraufhin war auch der Mediziner festgenommen, vor Gericht gestellt und von Richter Stetterson verurteilt worden.
»Aber es geht nicht an, daß jeder seine Toten bestattet, wo es ihm gerade Spaß macht!« schimpfte Jonah.
»Wir haben das Recht, sie anständig zu beerdigen, Richter«, meldete sich Adamson zu Wort.
»Kein Christ würde so was jetzt noch tun!« wehrte Vandermeer ab. »Laßt sie in Frieden ruhen.«
»Das würde Ihnen so passen, was?« fuhr Jonah auf. »Sie glauben wohl, Sie könnten einfach . . .«
Der Richter brachte ihn mit einer Handbewegung zum Schweigen. »Es ist das beste, Sie kommen jetzt mit uns, Mr. Vandermeer.«
»Wozu?«
»Das Gericht wird eine Graböffnung veranlassen. Sie sollten dabei sein, wenn die nötigen Papiere ausgestellt werden.«
»Ich kann hier nicht weg. Warum, glauben Sie, sitze ich mit dem Gewehr hier?« entgegnete Vandermeer. »Ich habe Angst, daß das Grab geplündert wird. Ärzte und Verrückte machen das, um ihre Teufeleien mit den Toten zu treiben.«
»Das ist doch alles Unsinn«, bemerkte Jonah.
»So, ist es das?« Vandermeer sah ihn herausfordernd an. »Vorhin habe ich Leute im Wald herumschleichen sehen. Was haben die dort gesucht? Als Sie dann plötzlich aus dem Wald kamen, hätte ich beinahe auf Sie geschossen. Es war leichtsinnig von Ihnen, einen Mann, der nicht gut sieht, auf diese Weise zu überfallen.«

»Ich rate Ihnen trotzdem dringend mitzukommen«, beharrte der Richter.
Vandermeer nahm sein Gewehr und stand auf. »Gut, ich komme«, erklärte er. »Ich habe nichts zu befürchten. Aber Sie tragen die Verantwortung.«
Zu viert gingen sie in die Stadt zurück. Im eleganten, weißgetünchten Haus des Richters an der Grant Avenue wurden die nötigen Papiere ausgestellt.
»Das ist alles ganz unnötig«, sagte Vandermeer. »Sie sind der Richter. Wir hätten das Grab schon gleich vorhin öffnen können.«
»Nein«, widersprach der Richter. »Es muß alles seine Ordnung haben.«
Anschließend fuhren sie mit dem vierrädrigen Wagen des Richters zu Doktor Howell und kehrten dann zu fünft zum Wald zurück. Dort stiegen sie aus und gingen den restlichen Weg zu Vandermeers Farm zu Fuß. Als sie aus dem Wald traten, blieb Vandermeer abrupt stehen.
»Da ist jemand am Grab gewesen«, erklärte er.
»Wie meinen Sie das?« fragte der Richter.
»Das Grab ist nicht mehr so, wie wir es vorhin verlassen haben.«
»Ich finde, es sieht völlig unverändert aus«, widersprach der Richter.
Sie überquerten das Feld zwischen dem Wald und der Farm.
»Wieviele Schaufeln haben Sie?« erkundigte sich Jonah.
»Zwei«, antwortete Vandermeer.
Vandermeer holte die Schaufeln aus seinem Schuppen, und Jonah und Adamson begannen zu graben. Der Richter und Doktor Howell standen daneben und sahen zu. Vandermeer ging unruhig vor dem Grab auf und ab, drehte die kalte Pfeife in der Hand und beobachtete, wie die beiden Männer den Erdhügel schnell abtrugen. Er machte einen ausgesprochen nervösen Eindruck. Der Richter drehte sich mehrmals nach ihm um und musterte ihn interessiert.

In ungefähr zwei Metern Tiefe stießen Jonah und Adamson mit ihren Schaufeln plötzlich auf Holz. Als Vandermeer den hohlen Klang des Eisens auf dem Holz hörte, stürzte er zum Rand des Grabes.
»Ich muß protestieren!« rief er erregt.
»Es wird Ihnen nur nichts nützen«, entgegnete der Richter. Er stand über der Grube. »Mach den Sarg auf!« befahl er Jonah.
»Da hat schon jemand daran herumhantiert!« rief Vandermeer. »Das sehe ich genau!«
Jonah stemmte mit der Schaufel den Sargdeckel auf. Das Holzbrett löste sich sofort. Als er und Adamson den Deckel abhoben, sahen alle, daß der Sarg leer war.
»Vandermeer!« rief der Richter entsetzt aus. »Wo ist sie? Was haben Sie mit ihr gemacht?«
Vandermeer starrte auf den leeren Sarg hinunter. Dann sah er den Richter an.
»Ich habe Ihnen ja gesagt, daß sie hier in der Gegend gewesen sind«, entgegnete er scharf. »Und Sie sind um keinen Deut besser.«

»Ich glaube einfach nicht, daß er sie überhaupt je beerdigt hat«, erklärte Jonah und kaute an seiner Pfeife. »Die ganze Geschichte klingt absurd. Grabräuber am hellichten Tag? Dieser Mann lügt. Ich sage dir, was er getan hat: Er hat sie irgendwo im Wald verscharrt!«
»Aber warum hat er sich dann die Mühe mit dem Sarg gemacht?« fragte der Richter und starrte nachdenklich ins Kaminfeuer.
»Weil er wußte, daß wir auf einer Graböffnung bestehen würden«, erwiderte Jonah. »Auf diese Weise kann er jetzt behaupten, daß die Leiche gestohlen worden sei, und uns die Schuld dafür in die Schuhe schieben, weil wir ihn nicht haben Wache halten lassen. Er hat sie ermordet, das Geld und den Schmuck an sich genommen und sie irgendwo verscharrt.

Wenn ich in jener Nacht nur geblieben wäre . . . wenn ich ihn nur weiter beobachtet hätte . . .«

»Möglicherweise hat er sie schon vor Tagen vergraben«, bemerkte der Richter.

»Aber was können wir tun? So kommt er nicht davon! So nicht!« erklärte Jonah wütend.

»Das klingt ja, als wolltest du den Mob aufwiegeln«, sagte der Richter, ohne den Blick vom Feuer zu wenden.

»Ich weiß, was du von Lynchjustiz hältst, aber soll er wirklich so davonkommen?«

»Würde es dich erleichtern, ihn an einem Ast baumeln zu sehen?« konterte der Richter.

»Ja, sogar erheblich«, erwiderte Jonah.

Der Richter seufzte. »Ach, Jonah! Was nützt das schon? Wo sollten wir dann nach unserer armen Bertha suchen? Sollen wir sie einfach vergessen?«

»Du läßt dich ausnützen, Andrew«, entgegnete Jonah. »Er kennt dich nur zu gut. Er macht sich deine Schwäche zunutze.«

»Dann wäre es Schwäche, Recht und Ordnung aufrecht zu erhalten«, erklärte der Richter. »Nein, wir werden zuerst herausfinden, was er ihr angetan hat. Dann kann die Justiz entscheiden und erbarmungslos gegen ihn vorgehen.«

Die öffentliche Meinung in der Stadt war weniger gemäßigt. Der Farmer Adamson hatte den ganzen Tag über auf Dooleys Veranda gesessen, erzählt, was passiert war, und allmählich immer mehr Männer um sich versammelt.

»Er hat sie umgebracht«, erklärte Adamson jedem Neuankömmling, und auch diejenigen, die die Geschichte bereits kannten, schienen nicht müde zu werden, ihm zuzuhören. »Anschließend hat er zum Schein ein Grab gegraben und einen leeren Sarg beerdigt. Und jetzt behauptet er, Grabräuber hätten die Leiche gestohlen. Komischerweise hat man dem Grab nichts dergleichen angesehen. Mir ist jeden-

falls nichts aufgefallen. Und seit wann machen sich Grabräuber eigentlich die Mühe, ihre Spuren zu verwischen?«
Beifälliges Raunen ging durch die Reihen der Zuhörer.
»Und jetzt«, fuhr Adamson fort, »jetzt sitzt er dort draußen. Ihr Blut klebt an seinen Händen, und ihr Geld hat er in der Tasche.«
»Aber wo ist die Leiche?« wollte jemand wissen.
»Das mußt du schon ihn fragen«, entgegnete Adamson.
»Solange man keine Leiche hat, kann man niemanden verurteilen.«
»Dann holen wir uns eben seine Leiche!« schrie Adamson schließlich aufgebracht, als seine Zuhörerschaft zahlreich genug und reif für diesen Vorschlag war. Sie machten sich umgehend auf den Weg, verließen die Stadt, und überquerten die dunklen Felder und Weiden. Dabei schlossen sich immer mehr Männer der Gruppe an. Als einer plötzlich vorschlug, den Richter zu holen, wurde er niedergeschrien. Adamson hatte das Seil. Im Gehen knüpfte er bereits die Schlinge.
Trockene Zweige knackten, und Blätter raschelten, als sie durch den Wald rannten. Jeder versuchte, der erste zu sein. Dabei machten sie einen höllischen Lärm. Kaum hatten sie daher den Waldrand erreicht, sahen sie Vandermeers mächtigen Schatten aus dem Haus und in Richtung Sumpfland davonlaufen. Mit einem Aufschrei stürzte die Menge hinter ihm her. Platschend und keuchend kämpften sie sich durch den Sumpf. Bei jedem Schritt durch den Morast spritzte Wasser auf. Die Jagd dauerte nicht lange. Vandermeer verlor plötzlich auf dem zähen, glitschigen Untergrund das Gleichgewicht und klatschte ins Wasser. Sein Bart triefte vor Moorwasser, als sie ihn unsanft wieder auf die Beine stellten. Adamson schleuderte ihm das Seil ins Gesicht. Wilde Beschimpfungen wurden laut. Vandermeer wehrte sich verbissen, riß sich los und warf seinerseits Adamson ins Wasser. Er wurde sofort wieder überwältigt und zu seiner Farm zurückgeschleppt.

»Ich habe die Wahrheit gesagt!« verteidigte er sich wütend, als sie ihn unter einen Baum stellten. Zwei Männer hielten ihn fest.
»Fällt dir nichts Besseres ein?« entgegnete Adamson.
Vandermeer schwieg. Groß und aufrecht, mit gewölbter, mächtiger Brust, stand er da. Wassertropfen glänzten in seinem Bart. Aus seinen kleinen, rotumränderten Augen starrte er durchdringend von einem zum anderen, so als wollte er sich ihre Gesichter besonders gut einprägen.
Doch bevor sie ihm die Schlinge um den Hals legen konnten, kam der Richter. Jemand hatte ihm Bescheid gesagt. Richter Stetterson stürmte mit langen Schritten wutschnaubend auf das Lynchkommando zu.
»Bindet diesen Mann augenblicklich los!« befahl er.
Alle sahen den Richter und dann Adamson an.
»Aber, Richter . . .«, begann Adamson.
»Bindet ihn los!« wiederholte der Richter.
Einer der Männer nahm Vandermeer die Handfesseln ab. Alle standen mit trotzigen Mienen herum, keiner sah den Richter an, alle warteten jedoch darauf, daß er etwas sagte.
Der Richter trat in ihre Mitte. »Vandermeer«, begann er. »Eine Minute später, und Sie wären tot gewesen.«
»Und noch immer unschuldig«, entgegnete Vandermeer.
»Was haben Sie mit ihr gemacht?« Vandermeer schwieg.
»Durchsuchen wir doch das Haus«, schlug jemand vor.
»Und zwar gründlich«, fügte ein anderer hinzu.
»Vandermeer«, wandte der Richter sich erneut an den Farmer. »Geben Sie mir die Erlaubnis, eine Haussuchung vorzunehmen.«
»Nein«, lehnte Vandermeer ab.
»Unverschämtheit!« schrien die anderen.
»Was fragen Sie ihn noch lange um Erlaubnis, Richter?« ertönte es aus den Reihen des Lynchkommandos.
Vandermeer rieb sich die Handgelenke, wo das Seil in die Haut geschnitten hatte.

»Diese Männer haben auf meinem Grund und Boden nichts zu suchen!« zischte er.
Schließlich räumten sie das Feld. Langsam, trotzig und widerstrebend, verlegen und frustriert machten sie sich auf den Heimweg. Nur der Richter blieb zurück. Er blieb auf seinem Platz stehen und wartete, bis auch der letzte im Wald verschwunden war. Dann wandte er sich an Vandermeer.
»Sie haben sie umgebracht«, sagte er. »Und Sie haben die Leiche irgendwo versteckt.«
»Ich habe sie begraben«, verbesserte Vandermeer ihn.
»Aber wo?«
»Dort, wo ich gesagt habe.«
»Und das soll ich Ihnen glauben?«
Vandermeer machte auf dem Absatz kehrt und ging zum Haus. Er blieb jedoch abrupt stehen, als der Richter seinen Namen rief. Geduldig und schweigend hörte er zu.
»Wir finden sie, verlassen Sie sich darauf, Vandermeer. Machen Sie sich keine Illusionen. Sie haben bereits irgendwann einen kleinen, dummen Fehler gemacht, der uns die Spur weist. Wir müssen uns jetzt nur noch präzise an alles erinnern, was Sie gesagt und getan haben, und dann logisch unsere Schlüsse ziehen. Danach wissen wir, was Sie mit ihr gemacht haben. Und noch etwas«, fügte der Richter hinzu. »Es ist Ihnen hoffentlich klar,warum ich Sie vor der Schlinge gerettet habe. Es geschah nicht um Ihretwillen, Vandermeer.«
Erst jetzt schien Vandermeer die Sprache wiederzufinden. »Ich weiß.« Er hatte dem Richter noch immer den Rücken zugewandt und rieb sich die Handgelenke. »Es geschah nur um der Gerechtigkeit willen.«

Wenige Tage später kehrte der Richter mit einem Haussuchungsbefehl zu Vandermeers Farm zurück. Vandermeer erhob keine Einwände. Das amtliche Dokument, das der Richter ihm vorhielt, würdigte er mit keinem Blick. Sie

stellten das ganze Haus auf den Kopf, gruben im Keller, im Hof und in weitem Umkreis um das Haus. Vandermeer saß währenddessen träge auf seinem Stuhl und beobachtete die Männer mit gleichgültiger Miene. Und der Richter beobachtete Vandermeer. Schließlich suchten sie den Wald nach frischen Grabspuren und das Moor mit Stangen ab. Doch sie fanden nichts.
Später sagten die Leute, das geheime Einverständnis zwischen Richter Stetterson und Vandermeer wäre geradezu unheimlich gewesen. Man konnte glauben, der eine hätte die Gedanken des anderen erraten. Vandermeer war der Meinung, im starken Gerechtigkeitssinn des Richters eine Schwäche entdeckt zu haben. Ohne Leiche und ohne Spur eines Beweises waren dem Richter die Hände gebunden – so überzeugt er persönlich auch von Vandermeers Schuld sein mochte. Vandermeers Behauptung, die Leiche der Verstorbenen sei geraubt worden, war mehr als fraglich, das Gegenteil konnte jedoch nicht bewiesen werden. Mittlerweile war klar, warum sich Vandermeer die Mühe gemacht hatte, einen Sarg zu zimmern und ihn leer zu begraben, und warum er dabei riskiert hatte, daß man das Grab öffnen würde. Aber wie hatte er nur so sicher sein können, daß man die Leiche nirgends finden würde?

Etliche Wochen später kehrte Jonah von einer kurzen Reise in den Süden zurück und wurde von seinem Bruder an der Fähre abgeholt. Sie fuhren mit dem ratternden alten Pferdewagen die staubige, ungepflasterte Grant Avenue entlang.
»Was gibt's Neues?« fragte Jonah gespannt.
»Nicht viel«, erwiderte der Richter und hielt die Leinen fest in der Hand. »Wir haben Vandermeer hinter Gitter gebracht.«
»Wirklich?« rief Jonah überrascht aus. »Dann habt ihr sie also gefunden?«
»Ja, wir haben sie gefunden«, bestätigte der Richter gelassen

und wandte den Blick nicht von der staubigen Straße, auf die die Sonne herabbrannte.

»Aber wie? Und wo?«

»Ich werd's dir gleich erzählen«, erwiderte der Richter. »Ich habe eingehend über deinen Freund Vandermeer nachgedacht. Ich habe mir noch einmal alles vor Augen geführt, was geschehen ist. Ich habe mich an unseren ersten Besuch bei ihm erinnert. Dabei hast du die Bemerkung gemacht, er hätte genügend Zeit gehabt, einen Sarg zu zimmern. Daraufhin hat Vandermeer dich so merkwürdig angesehen. Offenbar fragte er sich, wie du überhaupt wissen konntest, daß er einen Sarg genagelt hatte. Und noch etwas: Er hat behauptet, er hätte beinahe auf uns geschossen, als wir aus dem Wald kamen, weil seine Augen so schlecht wären. Auf dem Rückweg allerdings hat er vorgegeben, aus derselben Entfernung zu erkennen, daß sich jemand am Grab zu schaffen gemacht hätte.«

»Dabei hat er die ganze Zeit über gewußt, daß das Grab leer war.«

»Richtig. Obwohl er auf diese Distanz nichts sehen konnte, hat er behauptet, jemand hätte das Grab bereits geöffnet, weil er bemüht war, die Geschichte so schnell wie möglich ins Rollen zu bringen. Das hat uns dann in der Annahme bekräftigt, daß die Sache mit dem Grabraub reine Erfindung war. Und wie er sich die ganze Zeit über verhalten hat! Er ist erstaunlich selbstsicher gewesen, findest du nicht? Daß wir das Haus durchsucht, den Garten umgegraben und Wald und Sumpfland durchkämmt haben, konnte ihn nicht aus der Ruhe bringen. Weshalb war er nur so verdammt sicher, daß wir nichts finden würden? Es gab jedoch eine Gelegenheit, bei der er keineswegs gelassen und ruhig geblieben ist. Das war, als wir das Grab zum ersten Mal geöffnet haben. Dabei ist er wie eine große, nervöse Katze herumgeschlichen. Doch ansonsten ist er immer eiskalt und beherrscht gewesen – selbst als sie ihm die Schlinge um den Hals legen wollten. Er hatte

auch einen guten Grund, sicher zu sein, daß wir die Tote nicht finden würden: Wir hatten nämlich dort, wo er sie vergraben hatte, längst nachgesehen.«
»Das verstehe ich nicht«, sagte Jonah.
»Er hat sich durch seine Nervosität bei der ersten Graböffnung verraten, die im krassen Gegensatz zu der stoischen Ruhe stand, die er bei unseren weiteren Versuchen, die Tote zu finden, an den Tag gelegt hat. Das ist mir komisch vorgekommen. Und deshalb habe ich angeordnet, das Grab noch einmal zu öffnen. Vandermeer schäumte vor Wut, aber wir haben uns nicht beirren lassen. Und wir haben den Sarg heraufgeholt und ihn aufgebrochen. Er hatte ihn mit einem doppelten Boden gezimmert. Dort haben wir sie gefunden. Dort ist sie die ganze Zeit über gewesen.«
»Ich werd' verrückt«, stieß Jonah kopfschüttelnd hervor. »Und du weißt auch, woran sie gestorben ist?«
»An einem Schädelbruch.«
»Und wie hat er das erklärt?«
»Er sagte, das erklärte sich wohl von selbst.«

Kein Anschluß, Mrs. Parch!

Henry Slesar

Mrs. Parch etikettierte Einmachgläser im Eßzimmer, als das Telefon klingelte. Sie unterbrach ihre Arbeit, um die Klingelzeichen zu zählen: Einmal läuten – Mrs. Nubbin, zweimal – Mrs. Giles, dreimal – Mrs. Kalkbrenner, viermal – der Anruf war für sie. Mrs. Parch seufzte beinahe enttäuscht, wischte sich die klebrigen Finger an ihrer Schürze ab und lief ins Wohnzimmer. Obwohl die Entfernung zum Telefon lediglich zehn Meter betrug, ging Mrs. Parchs Atem nur noch keuchend und stoßartig, als sie den Hörer schließlich abhob. Mrs. Parch war eine korpulente Frau. Das formlose, graue Kleid, das sie stets an Wochentagen trug, wallte glockenförmig um ihre üppige Figur. »Hallo?« meldete sie sich laut und vernehmlich.

»Spreche ich mit Mrs. Helen Parch?« erkundigte sich am anderen Ende eine fremde Männerstimme.

»Ja, hier ist Mrs. Parch«, erwiderte sie ungehalten. »Wer ist da?«

»Mein Name ist Atkins, Mrs. Parch, und ich rufe vom Büro des Sheriffs aus an. Kann ich heute nachmittag bei Ihnen vorbeikommen? Es handelt sich um eine sehr wichtige Angelegenheit.«

»Wichtig? Sind Sie sicher, daß Sie mich meinen?«

»Ja, natürlich, Mrs. Parch. Ich werde Ihre Zeit nicht lange in Anspruch nehmen. Im Augenblick bin ich in Milford. Mit dem Wagen kann ich in fünf Minuten bei Ihnen sein.«

»Tja, also . . .«, begann Mrs. Parch zögernd. Sie war verwirrt. In dieser gottverlassenen Gegend besuchten sich selbst Freunde und Bekannte nur selten, und der Gedanke, daß ein Fremder . . . »Könnten wir die Sache nicht gleich am Telefon erledigen, Mr. Atkins? Ich habe heute viel zu tun.«

»Tut mir leid, Mrs. Parch, aber das geht nicht.«
»Na gut. Dann kommen Sie am besten gleich. Ich erwarte Sie.«
»Danke, Mrs. Parch«, sagte Mr. Atkins ernst und wartete höflich darauf, daß Mrs. Parch zuerst auflegte. Das tat sie dann auch. Nachdem sie eingehängt hatte, starrte sie verwundert auf den stummen Apparat. Mrs. Parch wußte, daß es zwecklos war, zu ihren Einmachgläsern zurückzukehren, denn sie war gewiß, daß das Telefon in wenigen Minuten erneut läuten würde. Sobald ihre heimlichen Lauscher nämlich der Meinung waren, daß eine angemessene Pause verstrichen wäre, würde der nächste Anruf erfolgen. Natürlich hatte Mrs. Parch recht. Genau acht Minuten später klingelte das Telefon wieder viermal. Am anderen Ende meldete sich mit tonlos näselnder Stimme Mrs. Giles.
»Hallo, Helen! Was machst du so? Ich wollte mich nur mal erkundigen, wie's dir geht.«
»So lala . . .«, antwortete Mrs. Parch ohne Sarkasmus. Sie war im Bilde. Schließlich teilte sie den Telefonanschluß seit fünfzehn Jahren mit vier Nachbarinnen, und alle wußten natürlich, daß jedes Gespräch von den drei anderen mitgehört wurde. Hätte man dies einer der Damen offen auf den Kopf zugesagt, wäre sie schockiert gewesen. Trotzdem verhielt es sich tatsächlich so. »Was macht Jacob?« erkundigte sich Mrs. Parch beiläufig, um die Spielregeln einzuhalten. »Ich habe gehört, daß er in den letzten Tagen im Schuppen gearbeitet hat.«
»Ja, er war ziemlich beschäftigt«, erwiderte Mrs. Giles ausweichend. »Und was gibt's bei dir Neues, Helen? Hast du was Interessantes erlebt?«
Mrs. Parch spitzte unwillkürlich den Mund. Trotz wurde in ihr wach. Sie wußte, daß Mrs. Giles darauf brannte, mehr über diesen Mr. Atkins zu erfahren, doch sie hatte nicht vor, ihr die Genugtuung zu gönnen, die Sache mit ihr zu besprechen. »Nein, leider gar nichts«, antwortete sie zuckersüß.

»Ich habe Obst eingemacht und bin gerade dabei, die Gläser fertigzumachen. Das Etikettieren ist für mich das Schlimmste. Die Gicht plagt mich wieder. Ich kann kaum einen Stift in der Hand halten.«

»Mehr ist wirklich nicht passiert?« drängte Mrs. Giles. »Gerade vorhin habe ich doch dein Telefon läuten gehört . . .«

»Ach, das war nur Mr. Hastings«, log Mrs. Parch eiskalt. »Er hat wegen meines Rasenmähers angerufen. Ich habe ihm die Messer zum Schleifen gegeben.«

»Oh!« murmelte Mrs. Giles überrascht. Mrs. Parch kicherte stumm in ihren üppigen Busen hinein. Sie wußte, daß Mrs. Giles wußte, daß das eine Lüge gewesen war, aber sie wußte auch, daß sie ihr deshalb keinen Vorwurf machen konnte. Mrs. Giles schnüffelte am anderen Ende pikiert, sagte dann noch ein paar höfliche, belanglose Worte, um den Schein zu wahren, und legte auf.

Als Mrs. Parch ins Eßzimmer zurückging, lag ein zufriedenes Lächeln auf ihrem Gesicht. Fünf Minuten später klingelte das Telefon dreimal. Mrs. Parch lief schnell auf ihren kleinen Füßen durch die Wohnung, hob lautlos den Hörer ab und legte die Hand über die Sprechmuschel. Natürlich war es Mrs. Giles, die Mrs. Kalkbrenner von dem merkwürdigen Mann erzählte, der Mrs. Parch am Nachmittag besuchen wollte. Sie stellten Spekulationen über die Bedeutung dieser Angelegenheit an, doch nichts schien ihre Neugier befriedigen zu können.

Mrs. Parch legte kurz vor den beiden anderen den Hörer wieder auf und ging ins Schlafzimmer, um sich für den Besucher zurechtzumachen. Fünf Minuten später stand er bereits vor der Tür. Mr. Atkins war ein hagerer Mann, dessen Rippen sich deutlich unter seinem verschwitzten Hemd abzeichneten. Er trug sein Jackett über dem Arm und wischte sich mit einem Taschentuch über die hohe Stirn. »Mrs. Parch?« begann er. »Ich bin Daryl Atkins von der Staatsanwaltschaft.«

»Kommen Sie rein, Mr. Atkins. Sie haben sich wirklich beeilt.«
»Ja, ich bin so schnell wie möglich hergekommen. In dieser Angelegenheit . . . nun, da könnten sogar Minuten eine Rolle spielen.« Er sah sich in dem kleinen, gemütlichen Wohnzimmer um. Vor den Fenstern waren die Sonnenblenden heruntergelassen. »Hier ist's angenehm kühl«, seufzte er. »Draußen auf der Straße herrscht eine Hitze . . .«
»Darf ich Ihnen eine Erfrischung anbieten?«
»Da sage ich nicht nein. Aber vielleicht sollten wir uns erst über den Zweck meines Besuchs unterhalten, Madam.«
Daryl Atkins setzte sich steif auf die Sofakante und war darauf bedacht, die Polsterschoner über dem Sofarücken nicht mit seinem durchgeschwitzten Hemd zu berühren. Mrs. Parch machte es sich im Schaukelstuhl bequem, legte die feisten Hände in den Schoß und wartete geduldig.
»Mrs. Parch«, begann der Besucher. »Erinnern Sie sich an einen Mann namens Heyward Miller?«
»Miller?« Mrs. Parch legte die Stirn in Falten. »Die Posthalterin heißt Miller, aber die werden Sie kaum meinen, oder?«
»Nein.« Mr. Atkins starrte mit ernster Miene auf die Teppichfransen vor seinen Füßen. »Heyward Miller und seine Frau haben vor acht Jahren mal auf der Yunker Farm gewohnt. Ihr Aufenthalt dort dauerte allerdings nur sechs Monate . . . Dann ist die Frau gestorben, und er hat das Anwesen an die Kalkbrenners verkauft. Entsinnen Sie sich vielleicht jetzt, Mrs. Parch?«
Mrs. Parch kratzte sich flüchtig an der Wange. »Ja . . . vage. Moment mal!« Ihr Atem ging plötzlich schneller. Sie legte die Hand aufs Herz. »Ja, natürlich! Miller! Dieser schreckliche Kerl! Wie konnte ich ihn nur vergessen?«
»Ich dachte mir, daß Sie sich erinnern würden. Vielleicht rekapitulieren wir kurz, was damals eigentlich passiert ist«, schlug Atkins vor.
»Ich habe dazu nichts zu sagen.«

Atkins seufzte. »Also gut. Soviel ich gehört habe, sind die Millers damals ungefähr ein Jahr lang verheiratet gewesen, und Mrs. Miller war im sechsten Monat schwanger. Eines Nachts muß dann jedenfalls was passiert sein. Sie wurde krank . . . sehr krank sogar, und er hat versucht, den Arzt anzurufen . . .«

Mrs. Parch schloß die Augen und ballte die Hände zu Fäusten.

»Ich bin damals noch nicht in diesem Distrikt tätig gewesen, muß mich also auf das verlassen, was man mir erzählt hat, Mrs. Parch«, erklärte Atkins. »Soweit ich das verstanden habe, haben Sie mit einer anderen Dame telefoniert, als Miller das Telefon abhob. Sie haben offenbar Rezepte oder Ähnliches ausgetauscht.«

»Ich habe mit Mrs. Anderson telefoniert«, sagte Mrs. Parch ruhig. »Ja, es war Mrs. Anderson.«

»Wohnt Mrs. Anderson noch hier in der Gegend?«

»Nein. Sie ist mit ihrem Mann vor fünf Jahren nach Kalifornien gezogen und kurz darauf gestorben.«

Atkins wischte sich erneut den Schweiß von der Stirn. »Na, jedenfalls hat dieser Miller Sie angeblich gebeten, die Leitung freizugeben, damit er für seine Frau den Arzt rufen könnte. So wie mir die Geschichte erzählt worden ist, haben Sie und Mrs. Anderson sich strikt geweigert, Ihr Gespräch zu beenden.«

»Er ist sehr unhöflich gewesen«, erklärte Mrs. Parch. »Er war unverschämt und beleidigend.«

»Ja, gut. Es läuft allerdings alles darauf hinaus, daß Sie weiter telefoniert haben und Miller den Arzt nicht anrufen konnte. Er hat damals übrigens behauptet, Sie hätten die Leitung absichtlich nicht freigegeben.«

»Das ist eine Lüge!« entgegnete Mrs. Parch hitzig. »Wir haben solange telefoniert wie nötig und keine Minute länger.«

»Aber Mr. Miller konnte den Arzt nicht rechtzeitig erreichen, und seine Frau ist gestorben. So war's doch, oder?«

»Jetzt hören Sie mal, Mr. Atkins . . .«
Der hagere Mann hob abwehrend die Hand. »Bitte, verstehen Sie mich nicht falsch, Mrs. Parch. Ich bin nicht hier, um alte Geschichten aufzuwärmen. Die Sache geht im Grunde nur Sie persönlich etwas an. Allerdings ist heute morgen etwas geschehen, das uns veranlaßt hat, uns einzumischen.«
»Wie meinen Sie das?«
»Nun, ich nehme nicht an, daß Sie wissen, was aus Miller geworden ist, nachdem er die Farm an die Kalkbrenners verkauft hatte«, fuhr Atkins fort. »Der Tod seiner Frau und das ganze Drum und Dran müssen ihn sehr mitgenommen haben. Er ist nach New York gezogen und dort sechs Monate später beim Einbruch in eine Eisenwarenhandlung geschnappt worden. Er hatte nur ein paar Pakete Nägel gestohlen und hat ein halbes Jahr dafür bekommen. Aber im Gefängnis hat man dann festgestellt, daß er nicht zurechnungsfähig war, und ihn in eine geschlossene Anstalt eingewiesen. Und dort hat er auch die vergangenen acht Jahre verbracht. Aber jetzt ist er fort, Mrs. Parch. Und das beunruhigt mich ein bißchen.«
»Er ist fort?« wiederholte Mrs. Parch. »Was heißt fort?«
»Er ist entkommen . . . ausgebrochen. Die Meldung haben wir zwar erst gestern nacht gekriegt, aber passiert ist es schon vor einer Woche. Jemand von der Anstaltsleitung hat schließlich daran gedacht, uns zu informieren, weil Miller ständig . . . nun, darüber geredet hat, was damals passiert ist. Deshalb sind wir in Sorge, Mrs. Parch. Nach allem, was er über Sie gesagt hat, werden Sie das verstehen. Wir wissen natürlich nicht, ob er vorhat, Ihnen Schwierigkeiten zu machen, aber wir können nichts riskieren.«
Mrs. Parch stand so abrupt auf, daß ihr formloses Kleid heftig hin- und herschwang. »Soll das heißen, daß Miller wegen dieser Sache vor acht Jahren hinter mir her ist?«
»Der Mann ist unberechenbar, Mrs. Parch«, erwiderte Atkins ruhig. »Das ist der springende Punkt. Die Anstalt, aus der Miller ausgebrochen ist, liegt gut vierhundert Kilometer von

hier entfernt, aber wenn er wirklich auf . . . nun, auf Rache aus ist, dann ist das nicht die Welt. Ich wollte Sie lediglich warnen, Mrs. Parch.«

Mrs. Parch schlug die Hände vors Gesicht. »Aber ich bin hier draußen ganz allein!« stieß sie hervor. »Er könnte mich jederzeit nachts im Schlaf umbringen.«

»Wir sind, wie gesagt, gar nicht sicher, daß er es darauf abgesehen hat, Mrs. Parch. Bitte, mißverstehen Sie mich nicht. Aber vielleicht sollten Sie eine Nachbarin oder eine Verwandte bitten, ein paar Tage bei Ihnen zu bleiben.«

»Kann der Sheriff mich denn nicht beschützen?« Mrs. Parch unterdrückte ein Schluchzen.

»Tut mir leid, aber dazu haben wir im Augenblick keinen triftigen Grund, Mrs. Parch. Es gibt keinen Beweis, daß Miller sich in der Gegend aufhält. Wir haben nichts Konkretes gegen ihn in der Hand. Verstehen Sie?«

»Ja, ja«, murmelte Mrs. Parch wie betäubt. »Vielleicht kann ich eine Weile zu meiner Schwester nach Cedar Falls ziehen . . .«

»Tun Sie das.«

»Ich habe meine Schwester zehn Jahre nicht mehr gesehen. Wir sind nie gut miteinander ausgekommen, wissen Sie . . .«

Atkins lächelte. »Für eine Versöhnung ist es nie zu spät, was, Mrs. Parch?« Er stand auf. »Hören Sie, ich wollte Ihnen keinen Schreck einjagen. Wir wissen nichts Definitives. Sobald wir mehr erfahren sollten, sagen wir Ihnen Bescheid. Und falls Sie mit uns Kontakt aufnehmen wollen, rufen Sie im Büro des Sheriffs an. Verlangen Sie mich persönlich. Haben Sie sich meinen Namen gemerkt?«

»Atkins«, flüsterte Mrs. Parch.

»Daryl Atkins«, sagte der Mann und lächelte. »Jetzt hätte ich offengestanden nichts gegen eine Erfrischung einzuwenden, Mrs. Parch.«

Der Wagen von Daryl Atkins war kaum außer Sichtweite, als das Telefon viermal klingelte. Mrs. Parch hob ab. »Helen?«

fragte Mrs. Giles am anderen Ende. »Ist bei dir nicht gerade ein Wagen vorgefahren, oder habe ich mich getäuscht?«
»Nein«, widersprach Mrs. Parch scharf. »Du mußt dich geirrt haben.«
»Aber ich war ganz sicher, daß . . .«
»Kümmere dich gefälligst um deine eigenen Angelegenheiten!« unterbrach Mrs. Parch sie wütend. »Wirst du das nie lernen?«
»Also so was!« sagte Mrs. Giles und legte auf. Mrs. Parch ärgerte sich, daß sie das nicht als erste getan hatte. Wenige Minuten später klingelte das Telefon dreimal, aber Mrs. Parch reagierte nicht darauf. Statt dessen stieg sie, so schnell es ihr Gewicht erlaubte, die Treppe zum Schlafzimmer hinauf und durchwühlte sämtliche Kommodenschubladen nach der Adresse ihrer Schwester in Cedar Falls. Schließlich fand sie den Zettel in einem Album mit vergilbten Fotos, ging damit zum Telefon und hob ab. Mrs. Giles und Mrs. Kalkbrenner hatten das Gespräch über ihr schlechtes Benehmen offenbar bereits beendet. Sie rief die Vermittlung an und mußte fast zehn Minuten auf die Verbindung mit Cedar Falls warten, um dann zu erfahren, daß ihre Schwester das Telefon den Sommer über abgemeldet hatte. Es sah Margaret ähnlich, die paar Dollar Gebühren zu sparen, während sie vermutlich in ihrem Sommerhaus war. Mrs. Parch schimpfte ärgerlich vor sich hin, und die unfreundlichen Gedanken an die Schwester verscheuchten die Angst vor Miller. Sie erholte sich sogar so weit, daß sie die Einmachgläser fertig etikettieren konnte.
Anschließend war sie den Rest des Nachmittags damit beschäftigt, diese in den Keller zu schaffen. Sie war so in ihre Arbeit vertieft, daß sie entgegen ihrer angeborenen Neugier nicht mithörte, als das Telefon fünfmal für die neue Nachbarin Mrs. Ammons klingelte. Gegen Abend hatte sie Mr. Atkins Warnung zwar nicht vergessen, doch ihre Nerven hatten sich einigermaßen beruhigt.
Es war ein langer Tag gewesen. Die Sonne hatte heiß vom

Himmel gebrannt, und es war fast halb neun, als sie endlich hinter den braunen Hügeln unterging und eine kühle Abendbrise aufkam. Mrs. Parch bereitete sich aus den Resten des Vortags ein einfaches Abendessen, nähte noch ein wenig und nahm dann ein Buch aus der Leihbibliothek zur Hand, um den Abend gemütlich zu beenden. Das Telefon klingelte zweimal, doch sie achtete nicht darauf. Kurz darauf hörte sie den Hund der Giles' anschlagen. Das war ungewöhnlich, denn der alte Collie bellte sonst nie. Sie legte das Buch aus der Hand. Als das Bellen kein Ende nahm, stand sie auf und ging zum Fenster. Die Erinnerung an die Gefahr, in der sie möglicherweise schwebte, traf sie wie ein Schock. Sie öffnete die Haustür und starrte in die Dunkelheit hinaus. Dann machte sie die Tür wieder zu, schob den Riegel vor und knipste eine weitere Lampe im Wohnzimmer an. Der Collie der Giles' hörte zu bellen auf und begann laut zu heulen. Unten im Keller ertönte ein dumpfer Schlag, als wäre etwas auf den Steinfußboden gefallen. In diesem Moment wußte Mrs. Parch, daß sie nicht mehr allein im Haus war.

Auf dem Weg zum Telefon wäre sie beinahe gestolpert. Sie riß den Hörer von der Gabel, hörte Mrs. Giles' näselnde Stimme und keuchte: »Bitte, geht aus der Leitung!«

»Wer ist da?« fragte Mrs. Giles.

»Helen«, antwortete Mrs. Parch. »Ich bin's, Helen. Um Himmelswillen, Emma, geht aus der Leitung! Ich muß die Polizei anrufen . . .«

»Die Polizei? Wozu denn?«

»Ich habe jetzt keine Zeit, das zu erklären. Ich muß den Sheriff benachrichtigen! Legt auf! Legt auf, oder man bringt mich um.«

Mrs. Kalkbrenner lachte. »Wer sollte dich denn umbringen wollen, Helen, Du hast ja eine blühende Phantasie.«

»Ich dachte, du hast heute Obst eingemacht«, meldete sich Mrs. Giles spöttisch. »Bist du sicher, daß es nicht doch Apfelwein gewesen ist, Helen?«

»Oh, mein Gott!« stöhnte Mrs. Parch. »Geht jetzt gefälligst aus der Leitung!«
»Verstehst du jetzt, was ich meine?« fragte Mrs. Giles bedeutungsvoll Mrs. Kalkbrenner. »Merkst du, was los ist?«
»Ja, das merke ich«, antwortete Mrs. Kalkbrenner.
»Es gibt Leute, für die ist Höflichkeit ein Fremdwort«, fuhr Mrs. Giles fort. »Es ist manchmal ganz gut, wenn man weiß, was man von seinen Nachbarn zu halten hat, nicht wahr, June?«
»Das kann man wohl sagen, Emma.«
»Bitte, oh, bitte!« schluchzte Mrs. Parch. »Ich muß die Polizei erreichen. Laßt mich telefonieren . . .«
Sie ließ den Hörer fallen, als sie das Knarren der Kellertreppe hörte. Sie rannte in die Küche, schlug die Kellertür zu und stellte einen Stuhl davor, da der Riegel locker war. Dann lief sie zum Telefon zurück und griff nach dem Hörer. Erneut hörte sie Mrs. Giles Stimme. Mit vor Haß und Entsetzen entstellter Stimme schrie sie die Nachbarinnen an. Sie schrie noch immer, als eine dunkel behaarte, große Hand ihr den Hörer entwand und ihn auf die Gabel legte.

Eine Briefmarke aus Hawaii

Edward D. Hoch

Schon manches Wild ist einem Glückstreffer zum Opfer gefallen.

Der Fall begann nicht mit einem Mord, und Captain Leopold wäre nie darin verwickelt worden, hätte er an jenem Abend nicht Fletcher nach Hause gefahren. Sie hatten noch bis spät an der Aufklärung einer Messerstecherei in einer Bar gearbeitet, und als der Fall abgeschlossen war, fiel Fletcher ein, daß sein Wagen noch zur Überholung in der Werkstatt stand.
»Ich bringe Sie nach Hause«, erbot sich Leopold. »Es liegt ja fast auf der Strecke.« Leopold wußte, daß Fletchers Frau es nicht gern sah, wenn er länger arbeitete, und wollte wenigstens seinen Teil zur Entspannung der Situation beitragen. Seit der Beförderung zum Lieutenant opferte Fletcher immer mehr von seiner Freizeit dem Beruf, und Leopold spürte, daß deshalb der Haussegen bei den Fletchers schiefhing.
»Danke, Captain«, sagte Fletcher, als er zu Leopold in den Wagen stieg. »Sie tun mir einen großen Gefallen – obwohl es natürlich ein Umweg für Sie ist.«
Nachdem es am Nachmittag des kühlen Märztages in Strömen geregnet hatte, hatte mittlerweile ein feiner Sprühregen eingesetzt, der im Scheinwerferlicht des Autos kaum zu sehen war. Leopold war erst wenige Blocks weit gefahren, als eine dringende Meldung über Funk durchkam.
»Achtung, Achtung an alle Wagen! Wer befindet sich in der Nähe Park und Chestnut Avenue? Im Haus Nummer 332 in der Park Avenue ist die Alarmanlage ausgelöst worden. Gehen Sie der Sache nach!«
»Wir sollten lieber mal nachsehen«, schlug Fletcher vor. »Wir sind höchstens einen Block von dieser Adresse entfernt.«

Leopold nickte zustimmend. Er war bereits in eine Seitenstraße eingebogen. »Ich möchte wissen, wieviele Häuser in dieser Gegend Alarmanlagen und Einbruchssicherungen haben«, überlegte er laut. Trotz der Nähe zum Stadtkern war es ein reines Wohnviertel des Mittelstandes mit Einfamilienhäusern, gepflegten Gärten und einer niedrigen Verbrechensrate.
»Das ist das Haus!« sagte Fletcher plötzlich und deutete aus dem Fenster. Leopold trat auf die Bremse. »He! Sehen Sie dort . . . auf der rechten Seite!«
Zwei Gestalten hatten sich aus dem Schatten des Hauses gelöst und rannten zur Rückseite. Leopold sprang aus dem Wagen und nahm sofort die Verfolgung auf. »Halt! Stehenbleiben, Polizei!« schrie er. Doch die beiden Flüchtenden kümmerten sich nicht darum. Sie waren bereits in der Dunkelheit zwischen den Häusern verschwunden. Leopold zog die Waffe, obwohl er vorerst nicht die Absicht hatte, sie zu gebrauchen. Schließlich konnte es sich bei den Flüchtenden nur um Jugendliche handeln, die irgendeine Dummheit angestellt hatten.
»Vorsicht, Captain!« warnte Fletcher, der Leopold inzwischen eingeholt hatte. Die Erde im Hinterhof war durch den Regen aufgeweicht und rutschig.
Leopold konnte die beiden nicht mehr sehen, fühlte jedoch, daß sie sich irgendwo in der Nähe versteckten. »Haben Sie eine Taschenlampe, Fletcher?«
Er hatte noch nicht ausgesprochen, als eine Mädchenstimme rief: »Lauf, Jimmy!« Beinahe gleichzeitig löste sich nur knapp eineinhalb Meter von Leopold entfernt eine Gestalt aus dem Schatten der Hauswand und lief in die Richtung, aus der die Stimme gerufen hatte.
Leopold streckte automatisch die Hand, bekam die Manteltasche des Mannes zu fassen, verlor jedoch auf dem morastigen Boden das Gleichgewicht, fiel hin und versuchte noch im letzten Augenblick, mit der linken Hand den Aufprall abzufangen.

Fletcher war in Sekundenschnelle mit der Taschenlampe zurück. »Ist alles in Ordnung mit Ihnen, Captain?« fragte er und streckte hilfreich die Hand aus.
»Kümmern Sie sich nicht um mich! Laufen Sie lieber hinter denen her!«
Leopold wußte, daß nicht alles in Ordnung war. Er war mit dem ganzen Gewicht auf das linke Handgelenk gefallen, und obwohl er keine starken Schmerzen hatte, konnte er es nicht bewegen. Einen Augenblick saß er im Morast, bemitleidete sich selbst und stand dann vorsichtig auf.
Einige Minuten später kehrte Fletcher zurück. »Ein Streifenwagen hat den Mann in der Parallelstraße geschnappt, aber das Mädchen ist uns entwischt. Wie geht es Ihnen?«
»Ich glaube, ich habe mir das Handgelenk gebrochen.«
»Verdammter Mist! Ich fahre Sie am besten gleich ins Krankenhaus.«
»Ja, gut«, murmelte Leopold. In diesem Moment war ihm alles gleichgültig.
Fletcher schnippte mit den Fingern. »Augenblick mal! Einen Block weiter hat ein guter Orthopäde seine Praxis. Ich bin mit einem der Kinder mal bei ihm gewesen. Kommen Sie!«
»Seine Sprechstunde dürfte längst vorbei sein«, protestierte Leopold. Er wußte, daß es fast elf Uhr abends war.
»Das braucht uns nicht zu kümmern.« Fletcher führte Leopold zum Wagen, fuhr zum nächsten Häuserblock und begann, nach der Arztpraxis zu suchen. Schließlich hielt er vor einem älteren Haus mit renovierter Fassade an. »Hier ist es.«
»Für einen Arzt erstaunlich bescheiden«, bemerkte Leopold.
»Er muß zwei Ex-Frauen Unterhalt bezahlen«, erklärte Fletcher. »Kommen Sie!«
Auf dem Schild neben der Tür stand: »Dr. med. Arnold Ranger – Orthopäde.« Arnold Ranger war ein jüngerer Mann mit freundlichem Gesicht und schneller Auffassungsgabe. »Natürlich stehe ich der Polizei gern zu Diensten«, sagte er,

nachdem sich die beiden Beamten ausgewiesen hatten. »Ich muß den Arm röntgen. So wie das Handgelenk allerdings aussieht, tippe ich auf einen Bruch.«
Leopold folgte ihm ins Röntgenlabor. »Mit meinem linken Arm habe ich kein Glück. Letztes Jahr hat mich dort eine Kugel erwischt.«
Der Arzt wusch den inzwischen getrockneten Morast von Leopolds Arm und legte ihn dann vorsichtig auf den Röntgentisch. »Waren Sie hinter einem Mörder her?«
»Nein, hinter einem Dieb. Nur ein paar Straßen weiter ist eingebrochen worden.«
»Das muß bei Bailey gewesen sein. Bei ihm ist so was schon öfter passiert.« Wenige Minuten später kam Dr. Ranger mit den Röntgenbildern zurück. »Es ist ein Bruch, und zwar beider Armknochen. Eine alltägliche Sache, aber sie müssen sechs bis acht Wochen einen Gips tragen. Richtig geheilt ist der Bruch allerdings erst nach zwei bis drei Monaten.«
»So lange dauert das?«
Dr. Ranger nickte und führte Leopold zu einem schmalen, gepolsterten Tisch. »Ich gebe Ihnen jetzt eine Spritze, um die Schmerzen zu mildern, wenn ich den Bruch einrenke. Vielleicht kann Ihr Freund das Handgelenk vorsichtig halten, während ich den Gipsverband anlege.«
Fletcher kam, um dem Arzt zu assistieren. Die Spritze hatte Leopold so benommen gemacht, daß er kaum registrierte, was mit ihm geschah. Plötzlich war alles vorbei. Dr. Ranger half ihm auf die Beine und führte ihn zu einer letzten Kontrollaufnahme in den Röntgenraum. »Wir legen den Arm am besten in eine Schlinge«, sagte der Arzt, nachdem das Röntgenbild zufriedenstellend ausgefallen war. »In vier Wochen kommen Sie wieder. Und halten Sie den Arm in den nächsten Tagen so oft wie möglich hoch, um einer Schwellung vorzubeugen.«
Der Gipsverband an Leopolds linkem Arm fühlte sich ungewohnt und unnatürlich schwer an. Er reichte von den Finger-

knöcheln bis knapp unter den Ellbogen. »Danke, Doktor«, murmelte er mißmutig.

»Oh, fast hätte ich's vergessen«, sagte der Arzt. »Ich brauche Ihre Versicherungsnummer für meine Kartei. Meine Sekretärin ist schon böse auf mich, weil ich den Papierkram meistens vergesse, wenn ein Patient außerhalb der Sprechstunde zu mir kommt.«

Nachdem das erledigt war, brachte Dr. Ranger die beiden Beamten zur Tür. Fletcher machte Anstalten, Leopold zu stützen, als sie die Treppe hinuntergingen. »Vorsicht, Captain!«

»Lassen Sie das, Fletcher! Ich bin doch kein Krüppel!«

»Trotzdem sollten Sie heute nacht nicht allein in Ihrer Wohnung bleiben«, entgegnete Fletcher. »Sie kommen am besten mit mir und übernachten in unserem Gästezimmer.«

Leopold wollte protestieren, doch Fletcher blieb harthäckig. »Es ist ja nur diese Nacht.«

»Also gut«, stimmte Leopold widerwillig zu. »Aber morgen früh will ich den Burschen sehen, der mir das eingebrockt hat.«

Der darauffolgende Vormittag war für Leopold eine Strapaze. Im fremden Bett und mit einem Gipsverband am Arm hatte er kaum geschlafen, so daß er müde und schlecht gelaunt ins Präsidium kam. Nachdem er gut einem Dutzend Personen, denen er auf dem Weg begegnet war, sein Mißgeschick erklärt hatte, verschwand er in seinem Büro und schlug die Tür hinter sich zu.

Es dauerte eine Stunde, bis Fletcher es wagte, ihm den Morgenkaffee zu bringen. »Wie fühlen Sie sich?« erkundigte er sich.

»Den Bruch spüre ich kaum, aber dieser verdammte Gipsverband stört mich höllisch. Nicht auszudenken, daß ich ihn erst in vier Wochen wieder loswerde! Bis dahin bin ich sanatoriumsreif.« Er begann mißmutig, auf der Gipsschale herumzuklopfen und am Baumwollfutter zu zupfen.

Fletcher trank langsam seinen Kaffee. »Der Bursche von heute nacht ist übrigens ein gewisser Jimmy Duke«, begann er. »Er ist dreimal vorbestraft – immer wegen Einbruchs und immer in New Jersey. Duke ist dreißig und hat insgesamt sieben Jahre gesessen.«
»Was ist mit dem Opfer? Diesem Bailey? Dr. Ranger hat gestern nacht behauptet, bei ihm sei schon öfter eingebrochen worden.«
Fletcher nickte. »Bailey ist ausgerechnet Briefmarkensammler, arbeitet außer Haus und betreibt das einträgliche Geschäft, Marken auch an andere Sammler zu verkaufen. Daher die Alarmanlage.«
»Hat dieser Duke viel gestohlen?«
»'ne ganze Menge. Sämtliche der wertvollsten Stücke. Aber Sie haben einige davon gerettet.«
»Ich? Inwiefern?«
»Indem Sie ihm die Manteltasche aufgerissen haben«, erklärte Fletcher. »Da war nämlich ein Teil der Beute drinnen. Die Kollegen haben den Hof mit Taschenlampen abgesucht und dabei überall im Dreck Briefmarken entdeckt. Zum Glück steckte jede in einer Plastikhülle, so daß keine zerstört wurde. Wir nehmen an, daß sich das Mädchen mit dem Rest aus dem Staub gemacht hat.«
Leopold seufzte und versuchte, die Finger seines verletzten Arms zu bewegen. »Vermutlich sollte ich in Zukunft die Jagd nach Einbrechern jüngeren Kollegen überlassen und mich nur noch auf Mordfälle konzentrieren.«
Fletcher öffnete einen amtlichen Umschlag, der für Beweismittel benutzt wurde, und zeigte Leopold eine Serie farbiger Briefmarken. »Das sind die Stücke, die wir gerettet haben. Eine hübsche Sammlung, was?«
Leopold, der nichts von Briefmarken verstand, musterte sie mit einer Mischung aus Interesse und Wut. »Soll das heißen, daß die Dinger was wert sind?«
»Ich glaube, Sammler halten sie für eine gute und sichere

Geldanlage – genau wie Kunstwerke.« Er deutete auf eine rotbraune Marke. »Diese amerikanische Fünfcentmarke soll fünfundfünfzig Dollar wert sein. Und das hier ist eine Luftpostmarke, die gut fünfhundert Dollar bringt.«
»Gibt es denn einen Markt für gestohlene Marken?«
»Offensichtlich. Händler und Sammler sind daran beteiligt. Die wertvollste Marke aus Baileys Sammlung ist übrigens mit dem Rest verschwunden.« Fletcher warf einen Blick auf den Notizzettel, der am Kuvert hing. »Es handelt sich dabei um eine sehr seltene Marke aus Hawaii aus dem Jahr 1851.«
»Wieviel ist sie wert? Tausend Dollar?«
»Bailey hat sie vor dreißig Jahren für zwanzigtausend gekauft. Inzwischen dürfte sie das doppelte wert sein.«
»Leopold pfiff leise durch die Zähne. Er betrachtete die Briefmarken plötzlich mit anderen Augen. »Kein Wunder, daß der Mann eine Alarmanlage im Haus braucht. Vielleicht wäre es allerdings ratsam gewesen, die Sammlung in einem Banktresor zu deponieren.«
»Mit Banktresoren haben Sammler nichts im Sinn, Captain«, widersprach Fletcher. »Sie wollen sich ihre Sammlungen zu jeder beliebigen Zeit ansehen können.«
»Was für eine Marke ist das hier?« fragte Leopold und deutete auf eine große, braune Briefmarke, die halb versteckt unter den anderen gelegen hatte. Der Druck war schlecht, und sie zeigte die unbeholfene Zeichnung eines geflügelten Teufels, der über einer Häuserreihe schwebte. Der Aufdruck lautete: »Jersey Devil – 10 Cents.«
Fletcher betrachtete die Marke eingehend, zuckte jedoch mit den Schultern. »Keine Ahnung. So was habe ich noch nie gesehen. Ich glaube kaum, daß sie besonders wertvoll ist – es sei denn, sie stammt noch aus der Kolonialzeit.«
»Nein, ausgeschlossen. Die Häuser auf der Marke sind ganz modern.«
»Na, jedenfalls können wir diesen Schwung Bailey zurückgeben. Er kommt heute morgen vorbei.«

Als Fletcher gegangen war, versuchte Leopold, sich auf Berichte und unerledigten Papierkram vom Vortag zu konzentrieren. Der schwere, ungewohnte Gipsverband machte ihn jedoch so nervös, daß er es bald nicht länger hinter seinem Schreibtisch aushielt. Er stand auf und ging in den Bereitschaftsraum hinaus.

Neben Fletchers Schreibtisch stand ein großer, älterer Herr Als Fletcher Leopold sah, machte er ihm ein Zeichen, zu ihm zu kommen. »Captain Leopold, das ist Oscar Bailey«, stellte Fletcher vor. »Mr. Bailey, das ist der Mann, der sich bei dem Versuch, einen Teil Ihrer Sammlung zu retten, den Arm gebrochen hat.«

Sie schüttelten sich die Hand. »Vielen Dank für Ihre Bemühungen, Captain«, sagte der Briefmarkensammler. »Ich wünschte allerdings, Sie hätten die Zweicentmarke aus Hawaii retten können.«

»Haben wir in bezug auf das Mädchen schon eine Spur?« fragte Leopold Fletcher.

»Nein. Aber ich bin sicher, daß Duke bald seinen Widerstand aufgibt, und uns sagt, wer sie ist. Sie bekommen Ihre wertvolle Marke wieder, Mr. Bailey.«

»Das hoffe ich. Die Versicherungssumme würde kaum den gegenwärtigen Marktwert der Marke decken.« Er hob den Umschlag mit seinen Briefmarken hoch. »Und wie ich gerade erfahren habe, muß ich die Marken bis zur Aburteilung dieses Duke Ihnen überlassen?«

»Ja, leider«, erwiderte Leopold. »Sie sind unser wichtigstes Beweismittel. Aber keine Sorge! Bei uns sind die Marken gut aufgehoben.«

»Hoffentlich.«

»Da Sie schon mal hier sind, möchte ich Sie noch etwas fragen, Mr. Bailey«, fuhr Leopold fort. »Bei Ihrer Sammlung befindet sich eine Marke – der sogenannte ›Jersey Devil‹.« Leopold deutete auf die merkwürdige Marke. »Was hat es damit auf sich?«

»Nichts. Es ist mehr oder weniger nur ein Spaß. Die Marke ist wertlos.« Oscar Bailey schien sich plötzlich nicht mehr sehr wohl in seiner Haut zu fühlen.
»Stammt sie aus New Jersey? Dieser Jimmy Duke hat drei Vorstrafen in New Jersey abgebüßt.«
»Nein. Sie können die Marke vergessen.« Damit wandte sich Bailey ab und begann, die Liste der gestohlenen Marken durchzulesen. Leopold stand noch einen Augenblick bewegungslos hinter ihm, dann zuckte er die Schultern und ging. Es war schließlich nicht sein Fall. Er war nur zufällig rechtzeitig zur Stelle gewesen, um sich den Arm zu brechen.
Trotzdem – oder gerade aus diesem Grund – beschäftigte ihn die Sache. Am darauffolgenden Tag rief er die Stadtbibliothek an und erkundigte sich, ob man ihm die Adresse eines Briefmarkenfachmanns nennen könnte. Daraufhin erfuhr er zwei Namen: den von Oscar Bailey und den eines Honorarprofessors an der Universität, Dexter Jones.
Am Nachmittag fuhr Leopold zum Universitätsgelände hinaus. Mit einer Hand konnte er leidlich einen Wagen steuern. Vor der Fakultät für Kunsterziehung und Kunstgeschichte hielt er an, ging hinein und erkundigte sich nach dem Büro von Dexter Jones.
Jones war ein Mann mittleren Alters, mit graumeliertem Haar und einem Muttermal auf der Nase. Nachdem Jones Leopold über den Rand seiner Brille hinweg eingehend betrachtet hatte, fragte er: »Was haben Sie denn mit Ihrem Arm gemacht?«
»Ich habe ihn bei der Jagd nach einem Einbrecher gebrochen.«
Jones nickte mitfühlend. »Ich habe heute morgen selbst einen kleinen Unfall gehabt. Der Kopf eines brennenden Streichholzes ist mir auf die Nase geflogen. Das Ergebnis ist der scheußliche Brandfleck hier.« Er deutete auf das, was Leopold zuerst für ein Muttermal gehalten hatte.
»Wie ich höre, sind Sie Briefmarkenexperte, Herr Professor.«

»Briefmarkensammeln ist nur ein Hobby von mir. Aber seit eine Zeitung vor zwei Jahren einen Artikel über mich gebracht hat, empfiehlt mich die Bibliothek als Sachverständigen. Was kann ich für Sie tun?«

»Ich wollte Sie um Auskunft über eine bestimmte Marke bitten, den sogenannten ›Jersey Devil‹«, antwortete Leopold ohne Umschweife.

Dexter legte den Notizblock beiseite, mit dem er gespielt hatte. »Den ›Jersey Devil‹?«

»Ja. Wir haben ihn bei einem Teil der Beute aus dem Einbruch bei Oscar Bailey gefunden.«

»Haben Sie Bailey nicht selbst danach gefragt?«

»Doch, aber er hat sich, gelinde gesagt, sehr vage ausgedrückt. Ich hatte gehofft, von Ihnen eine offenere Antwort zu bekommen.«

»Ist das eine amtliche Angelegenheit?«

»Der Einbrecher stammt aus New Jersey. Falls für die Marke dasselbe gilt, könnte da eine Verbindung bestehen«, erwiderte Leopold.

»Ich verstehe.« Dexter dachte einen Augenblick nach. »Nun, ich habe nichts zu verbergen. ›Jersey Devil‹ ist der Name einer geheimen, privaten Postgesellschaft, die der staatlichen Post Konkurrenz macht.«

Leopold sah Dexter überrascht und verwirrt an. »Eine private Postgesellschaft? Ist das nicht illegal?«

»Doch. Aus diesem Grund ist sie ja auch geheim.«

»Aber wer sollte von einer solchen Organisation Gebrauch machen?«

»Oh, verschiedene Personengruppen, die ihre Post diskret befördert wissen wollen, ohne befürchten zu müssen, daß die Sendungen von den Behörden geöffnet oder abgefangen werden. Es ist bekannt, daß selbst einige angesehene Banken schon den Dienst dieser Firma in Anspruch genommen haben.«

»Das Ganze kommt mir reichlich unwahrscheinlich vor.«

»Das ist es ganz und gar nicht. Heutzutage übt die Regierung erstaunlich strenge Kontrollen über die Post aus. Sie hat die Möglichkeit, normale Briefe oder Päckchen zu öffnen, und versiegelte Sendungen können abgefangen und registriert werden. Es ist nur natürlich, daß Verbrecher, Drogenhändler, Buchmacher oder Firmen, die pornographische Schriften vertreiben, eine solche Beförderungsmethode für ihre Post vorziehen.«

»Und wer steckt hinter dem ›Jersey Devil‹-Postdienst?« fragte Leopold.

Dexter Jones zündete seine Pfeife an. »Ein Mann namens Corflu. Er besitzt eine Spedition in New Jersey. Ich kenne ihn nicht, aber man hat ihn mir als einen sehr schillernden Charakter geschildert.«

Leopold stand auf. Jones konnte ihm über den ›Jersey Devil‹ offenbar nichts mehr sagen. »Vielen Dank, Herr Professor. Es war eine sehr interessante Unterhaltung.«

Jones grinste. »Ich helfe der Polizei immer gern.«

Als Leopold über den noch immer regennassen Asphalt zu seinem Wagen zurückging, dachte er angestrengt nach. Auf dem Notizblock, mit dem Jones gespielt hatte, hatte der Name Oscar Bailey gestanden.

Zwei Tage lang passierte gar nichts. Leopold hatte die Sache mit dem ›Jersey Devil‹ über der täglichen Routinearbeit schon fast vergessen.

Am Freitagmorgen kam Fletcher dann plötzlich in Leopolds Büro und ließ die Bombe platzen. »Wie geht's ihrem Arm, Captain?«

»Er fühlt sich noch immer verdammt schwer an.«

»Haben Sie nicht vor ein paar Tagen mit einem gewissen Professor Dexter Jones über diese merkwürdige Briefmarke gesprochen,«

»Ja. Was ist mit ihm?«

»Er ist vergangene Nacht ermordet worden«, antwortete Fletcher. »Jones hat noch bis spät abends in seinem Büro in der

Universität gearbeitet, auf seinem Schreibtisch einige korrigierte Prüfungsarbeiten zurückgelassen und sich gegen elf Uhr auf den Heimweg gemacht. Sein Wagen stand auf dem Parkplatz vor dem Fakultätsgebäude. Dort muß sein Mörder gewartet haben. Er hat ihn mit zwei Schüssen in die Brust getötet.«

»War's Raubmord?«

»Nein – es sei denn, der Täter ist gestört worden.«

»Konnte Jones noch etwas sagen, als man ihn gefunden hat?« wollte Leopold wissen.

»Nein – er war sofort tot.«

»Was ist mit seinem Privatleben?«

»Jones' Ehe wurde schon vor Jahren geschieden. Seine Frau lebt mit den Kindern irgendwo an der Westküste. Er ist bei den Kollegen und seinen Stundenten gleichermaßen beliebt gewesen. Aus dieser Personengruppe kann sein Mörder also kaum kommen.«

»Frauengeschichten?«

Fletcher schüttelte den Kopf. »Er war nicht der Typ, der sich mit seinen Studentinnen eingelassen hat.«

Leopold dachte an seine Unterhaltung mit dem freundlichen, pfeifenrauchenden Herrn und hatte plötzlich das Gefühl, teilweise für das, was geschehen war, verantwortlich zu sein. Hatte er die falschen Fragen gestellt oder die richtigen vergessen?

»An diesem Fall arbeite ich mit«, verkündete Leopold. »Ich bin schließlich in diese Geschichte verwickelt.«

»Ich glaube, das sollten Sie nicht tun. Denken Sie an Ihren Arm . . .«

»Unsinn! Ich habe keine Lust, vier Wochen lang in meinem Büro Moos anzusetzen. Außerdem habe ich eine Spur, die uns möglicherweise weiterhilft.« Er erzählte Fletcher von dem Namen, der auf Jones' Notizblock gestanden hatte. »Ich glaube, es ist Zeit, daß ich mich mal mit Oscar Bailey unterhalte.«

Leopold hatte sich inzwischen daran gewöhnt, nur mit einer Hand einen Wagen zu steuern. Die Rückkehr zum Schauplatz seines Mißgeschicks machte ihn unsicher und ängstlich, so daß er die Treppe zu Baileys Haustür besonders vorsichtig hinaufstieg.

Der große, ältere Herr öffnete ihm persönlich. Er schien überrascht zu sein, Leopold zu sehen. »Sie sind Captain Leopold, oder? Was führt Sie zu mir, Sir?«

»Ich möchte Ihnen gern ein paar Fragen stellen. Haben Sie kurz Zeit für mich? Vielleicht wissen Sie es noch nicht, aber einer Ihrer Kollegen, der Briefmarkensammler Dexter Jones, ist gestern nacht ermordet worden.«

»Jones? Jones ist ermordet worden,« Bailey trat unwillkürlich einen Schritt zurück. Leopold folgte ihm in die Diele und machte die Tür hinter sich zu.

»Sind Sie ein Freund von Dexter Jones gewesen, Mr. Bailey?«

»Nein, eigentlich nicht. Aber in meinem Alter nimmt man Todesfälle nicht mehr so leicht, Captain. Wer hat ihn umgebracht?«

»Das wissen wir noch nicht. Ich dachte, Sie könnten uns vielleicht helfen?«

Bailey machte eine abwehrende Handbewegung. »Ich habe den Mann ja kaum gekannt. Wir sind uns vor Jahren ein paarmal bei Briefmarkenausstellungen begegnet, und er hat mich manchmal angerufen, um mit mir über neue Sondermarkenserien zu sprechen, aber das war alles. Wir sind ja gewissermaßen Rivalen gewesen, und da hält man natürlich Distanz.«

»Dann wissen Sie also nicht, ob er Feinde gehabt hat?«

»Nein.«

»Und er hat Sie in den letzten Tagen auch nicht zufällig mal angerufen?«

»Ich weiß nicht, was . . .« Oscar Bailey zögerte. Ob absichtlich oder aus Unsicherheit, wußte Leopold nicht. »Ja, jetzt, da Sie es erwähnen, erinnere ich mich«, fuhr er schließlich

fort. »Er hat angerufen und sich erkundigt, was bei diesem Einbruch gestohlen worden sei.«
»Ist das nicht ungewöhnlich gewesen? Schließlich waren Sie nicht befreundet.«
»Er war vermutlich nur neugierig«, erwiderte Bailey.
»Ist es möglich, daß die Diebe versucht haben, ihm Ihre Marken zu verkaufen? Soviel ich weiß, konnte das Mädchen immerhin mit einer sehr wertvollen Marke aus Hawaii entkommen.«
»Möglich ist alles. Allerdings bezweifle ich, daß die Diebe versucht haben könnten, die Marken in meiner nächsten Umgebung zu verkaufen. Es ist doch wesentlich sicherer, in New York einen Käufer zu finden.«
Leopold nickte. Bailey bestätigte damit nur seine eigenen Mutmaßungen. »Dann ist da natürlich noch dieser ›Jersey Devil‹«, fuhr er fort. »Ich weiß inzwischen darüber Bescheid. Nur keine falsche Scham, Mr. Bailey.«
»Ich habe keine Ahnung, was mit dem ›Jersey Devil‹ los sein sollte.«
»Das ist allerdings merkwürdig. Dexter Jones hat mir noch kurz vor seinem Tod erzählt, daß der ›Jersey Devil‹ die Briefmarke eines privaten, illegalen Postunternehmens des gleichen Namens ist.«
Oscar Bailey wurde verlegen. »Das ist möglich. Ich interessiere mich lediglich für Briefmarken und seltene Stempel. Den ›Jersey Devil‹ habe ich ganz zufällig erworben und ihn meiner Sammlung einverleibt.«
»Kennen Sie einen Spediteur aus New Jersey namens Corflu?« erkundigte sich Leopold beharrlich.
»Vielleicht habe ich den Namen mal gehört. Aber ich erinnere mich nicht.«
Leopold sah ein, daß er auf diese Weise nicht weiterkam. Offenbar war Bailey nicht bereit, mit der Polizei über den ›Jersey Devil‹ zu sprechen. »Na gut«, gab er es schließlich auf. »Vielen Dank für Ihre Hilfe.«

»Können Sie mir meine Hawaii-Marke wiederbeschaffen?«
Leopold musterte ihn schweigend. »Vorerst interessiert mich vor allem Jones' Mörder.«

Jimmy Duke, der Briefmarkendieb, war gegen Kaution freigelassen worden. Leopold besuchte ihn am darauffolgenden Tag in dessen Wohnung in einem schäbigen Viertel der Stadt. Zur Abwechslung schien die Sonne, die Luft roch nach Frühling, und Leopold fühlte sich so gut wie seit Tagen nicht mehr. Selbst das Gewicht des Gipsverbandes erschien ihm erträglich.

Duke war ein junger Mann mit hängenden Schultern, glatten, schwarzen Haaren und einem Oberlippenbärtchen. »Schon wieder ein Bulle? Habt ihr solche Angst, ich könnte verschwinden? Wie Sie sehen, bin ich noch da.«

»Ich bin gekommen, um Ihnen ein paar Fragen zu stellen.«

Dukes Blick fiel auf Leopolds Gipsverband, und er runzelte die Stirn. »Sind Sie vielleicht der Typ, der mich festhalten wollte und sich dabei den Arm gebrochen hat?«

»Genau der bin ich.«

Duke verzog keine Miene. »Und was wollen Sie von mir?«

»Ich suche das Mädchen, das in jener Nacht bei Ihnen gewesen ist. Wo kann ich es finden?«

»Herrgott, das haben sie mich die ganze Nacht lang gefragt! Ich weiß nichts von einem Mädchen.«

Leopold trat einen Schritt auf Duke zu. »Hören Sie, mein Freund! Ich war dabei, ja? Vergessen Sie das nicht. Ich hab' genau gehört, wie ein Mädchen Ihren Namen gerufen hat. Sie ist mit 'ner Menge verdammt wertvoller Briefmarken verduftet. Lesen Sie keine Zeitung?«

Jimmy Duke senkte beleidigt den Kopf. »Ich kenne sie gar nicht. Wir haben uns zufällig in einer Bar getroffen, und sie hat mich begleitet.«

»Wie heißt sie?«

»Ich hab' sie nicht nach ihrem Namen gefragt.«

»Wer hat die Kaution für Sie gestellt?« wollte Leopold wissen.
»Mein Bruder in St. Louis.«
Leopold seufzte. »Hören Sie, Jimmy! Ich will nur ein paar Informationen.«
Duke lächelte flüchtig. »Ah, jetzt werden Sie vertraulich. Kommt jetzt die Nummer vom freundlichen Polizisten, ja? Das ist doch alles Gewäsch.«
»Ich bearbeite einen Mordfall, Duke. Vorgestern nacht ist ein Briefmarkensammler ermordet worden, und ich könnte die Sache mit Ihrem Einbruch in Verbindung bringen. Zur Tatzeit sind Sie bereits wieder gegen Kaution draußen gewesen. Möchten Sie unbedingt unter Mordanklage gestellt werden?«
»Sie wissen doch ganz genau, daß ich niemanden umgebracht habe!« Leopolds Worte hatten ihre Wirkung nicht verfehlt. Er hatte Angst.
»Wenn Sie's nicht gewesen sind, dann war's vielleicht Ihre Freundin. Wer ist sie, Duke?«
»Keine Ahnung.«
»Wenn sie so 'ne gute Freundin von Ihnen ist, dann frage ich mich, warum sie den Rest der Beute nicht mit Ihnen geteilt hat.« Leopolds Einfall entpuppte sich als Volltreffer.
Duke dachte nach. Er suchte in seinen Taschen nach einer Zigarette und sagte dann schließlich: »Na gut. Sie heißt Bonnie Irish. Wenigstens hat sie sich mir so vorgestellt. Sie hat in Clubs in der Innenstadt als Go-go-Girl gearbeitet.«
»Wo wohnt sie?«
»Bei ein paar anderen Mädchen. Aber verschwenden Sie keine Zeit. Sie hat nach dem Bruch die Stadt sofort verlassen. Vermutlich ist sie längst in New York und versucht, diese Marke für dreißig- oder vierzigtausend zu verhökern, wie's in den Zeitungen stand.«
Leopold nickte. Er hatte das Gefühl, daß der Mann mit dem Rattengesicht die Wahrheit sagte. »Bleiben Sie in der Stadt, Duke! Wir brauchen Sie vielleicht noch.«

»Keine Angst, Mann. Ich bleibe bis zur Verhandlung.«
In den darauffolgenden Tagen fahndete die Polizei in der ganzen Gegend nach der Tänzerin Bonnie Irish, doch das Mädchen blieb wie vom Erdboden verschwunden. Die Zweicentmarke der Insel Hawaii tauchte bei keinem der Händler in New York auf, und Oscar Bailey wurde zunehmend ungeduldiger.
»Er ruft zweimal täglich an«, berichtete Fletcher Leopold am folgenden Dienstagmorgen. »Aber vermutlich können wir ihm das kaum übelnehmen.«
»Der Fall frustriert mich, Fletcher. Haben wir schon eine Spur in bezug auf Jones' Mörder?«
»Nein, nichts. Ich weiß, Sie sind anderer Meinung, aber langsam glaube ich, daß der Killer einen Raubüberfall geplant hatte, Panik gekriegt hat und davongelaufen ist. Es paßt nichts zusammen. Der Mann hatte keine Feinde.«
»Vielleicht haben Sie recht, Fletcher. Ich weiß selbst nicht mehr weiter.«
Am Mittwoch begann Leopolds Arm unter dem Gipsverband zu jucken. Er war ruhelos, gereizt und brannte darauf, endlich etwas zu unternehmen. Schließlich rief er Fletcher zu sich und verkündete: »Ich fahre jetzt nach Jersey rüber und unterhalte mich mal mit diesem Corflu über seinen privaten Postdienst.«
Durch den Bericht einer Telefongesellschaft war Leopold an Corflu erinnert worden.
»'nen Teufel werden Sie tun, Captain«, wehrte Fletcher ab. »Sie sind schon viel zu viel mit einem Arm herumgefahren.« Er rollte die Hemdsärmel herunter und machte die Manschettenknöpfe zu. »Ich habe im Augenblick nichts anderes vor. Ich fahre Sie. Aber was werden unsere Kollegen aus New Jersey dazu sagen? Überschreiten wir nicht unsere Kompetenzen?«
Leopold dachte nach. »Wir wollen ja niemanden verhaften, Fletcher«, sagte er schließlich. »Falls dieser Corflu gegen Bundesgesetze verstößt, ist die Postfahndung dafür

zuständig. Mich interessiert nur der Mord an Dexter Jones. Und genau darüber möchte ich mich mit ihm unterhalten.«
»Glauben Sie wirklich, daß Corflu Jones hat umbringen lassen, weil er Ihnen vom ›Jersey Devil‹ erzählt hatte?«
»Zugegeben, es klingt weit hergeholt. Aber Bailey scheint immerhin Angst zu haben, darüber zu reden.«
Da es ein Wochentag war, herrschte kaum Verkehr, und sie kamen schnell vorwärts. Die Spedition von Corflu lag am Stadtrand von Paterson. Das Firmengebäude bestand aus einem niedrigen alten Lagerhaus, in dem eine große Anzahl von modernen Diesellastwagen stand. Leopold und Fletcher waren beeindruckt. Noch größeren Eindruck machte allerdings Benedict Corflu persönlich auf sie.
Er lag in einem mit Schmierflecken bedeckten Hemd und einer alten Hose unter einem Lastwagen. »Ich komme sofort«, schrie er gegen das laute Motorengeräusch an. Falls Leopold und Fletcher einen König der Unterwelt im luxuriösen Büro erwartet hatten, waren sie an den Falschen geraten.
Als er schließlich unter dem Wagen hervorkroch, entpuppte er sich als ein Mann mittleren Alters mit Halbglatze und buschigen, rötlichen Augenbrauen, die an den Enden wie zwei kleine Hörner nach oben gebogen waren und Corflu tatsächlich wie ein ›Jersey Devil‹ aussehen ließen.
»Was kann ich für Sie tun, meine Herren?« erkundigte er sich und wischte sich mit einem Lappen das Schmierfett von den Händen. Leopold schätzte ihn auf Ende Vierzig, ansonsten war der Mann schwer einzuordnen. Beim Gehen hinkte er leicht, was auf eine alte Beinverletzung schließen ließ.
»Können wir uns irgendwo in Ruhe unterhalten, Mr. Corflu?«
»Ja, in meinem Büro. Kommen Sie!« Er führte sie eine steile Holztreppe mit ausgetretenen Stufen hinauf und in eine Büroetage, die direkt über den Garagen lag. Hier arbeiteten in einem großen Raum ungefähr zwölf Büroangestellte, die kaum aufsahen, als Benedict Corflu an ihnen vorbeiging.

Sein Büro lag direkt über dem Hof. Es war klein und zweckmäßig eingerichtet. An der Wand hinter dem Schreibtisch hing eine große Karte des Ballungsraums New York, sie umfaßte das Gebiet von Newburgh bis Trenton und von der Grenze zu Pennsylvania bis nach New Haven.
»Ist das das Gebiet, in dem Sie arbeiten?« erkundigte sich Leopold und trat vor die Karte.
Benedict Corflu nickte. »Meine Lastwgen verkehren überall im Umkreis von achtzig Kilometern um Manhattan, und manchmal fahren wir sogar noch weiter.« Er lächelte. »Aber Sie sind doch nicht gekommen, um mit mir über meine Spedition zu reden, oder?«
»Nein«, antwortete Leopold. »Wie haben Sie das erraten?«
»Ihr Wagen hat ein Kennzeichen aus Connecticut und ein Polizeifunkgerät.«
»Ich bin Captain Leopold, und das ist Lieutenant Fletcher. Wir ermitteln in einem Mordfall und in einem Diebstahl, der vielleicht damit zusammenhängt. Es ist möglich, daß Sie uns helfen können.«
»Das bezweifle ich.«
Leopold lächelte und legte die Briefmarke des ›Jersey Devil‹ in ihrem durchsichtigen Umschlag auf den Tisch. »Wir möchten uns darüber mit Ihnen unterhalten.«
Benedict Corflu sah langsam auf, und seine buschigen, nach oben gebogenen Augenbrauen wirkten noch eindrucksvoller als sonst. »Na, und?«
»Soviel wir wissen, betreiben Sie einen privaten Postdienst in Konkurrenz zur Regierung der Vereinigten Staaten. Das ist illegal.«
Leopold hatte alle möglichen Reaktionen von Corflu erwartet, nur nicht, daß er sich in seinem Stuhl zurücklehnen und sagen würde: »Natürlich! Diese Tatsache ist vielen Regierungsbeamten bekannt. Während des großen Poststreiks wurden vorübergehend sogar sämtliche Beschränkungen aufgehoben, damit ich ganz legal arbeiten konnte. Die Postver-

waltung hat einige meiner Lastwagen gemietet, um Post von New York City in die umliegenden Gebiete zu transportieren.«
»Das ist möglich, aber ich glaube kaum, daß die Behörden es billigen, daß Sie private Briefmarken wie diese herausgeben.«
Corflu machte eine wegwerfende Handbewegung. »Unsinn! Briefmarken sind rein äußerliche Symbole. Ich biete eine gefragte und notwendige Dienstleistung an. Wissen Sie eigentlich, daß selbst wichtige, geheime Post in Amerika ohne weiteres abgefangen und geöffnet werden kann? Und wissen Sie, daß ein versiegelter Brief von den Behörden über einen Tag zurückgehalten werden kann, bis die amtliche Erlaubnis zur Öffnung vorliegt? Es liegt sogar ein diesbezügliches Urteil des Obersten Gerichtshofs vor. Wie soll sich der Durchschnittsbürger dagegen schützen? Wie kann man da noch seine Privatsphäre wahren?«
»Wer braucht das? Die Unterwelt? Sind es nicht Verbrecher, denen Sie mit Ihrem Postdienst nützen?«
»Ich diene jedem, der noch immer an das Recht auf eine Privatsphäre glaubt. Die Behörden erlauben mir meine gesetzwidrige Tätigkeit aus demselben Grund, aus dem sie Schweizer Nummernkonten und illegale Whiskybrennereien dulden. Wir befördern nur einen minimalen Prozentsatz der Post in diesem Land, und uns auszuschalten dürfte schwieriger sein, als es scheint. Meine Aktionen sind sorgfältig geplant und werden auf eine Art und Weise durchgeführt, die bestehende Gesetze eher herausfordert als gegen sie zu verstoßen. Meine Verhaftung würde die Behörden vor eine Unmenge von Rechtsproblemen stellen, die ich völlig zu meinen Gunsten auszuschöpfen gedenke.« Leopold kam die ganze Sache geradezu fantastisch vor. Corflu brüstete sich damit, ein Gesetzesbrecher zu sein, und legte es auch noch darauf an, seine Verhaftung herauszufordern. »Wegen Ihres Postunternehmens sind wir gar nicht hier«, entgegnete Leopold schließlich. »Wir bearbeiten einen Mordfall.«

»Das sagten Sie bereits. Wer ist ermordet worden?«
»Ein Briefmarkensammler namens Dexter Jones. Er wurde vergangene Woche in Connecticut erschossen. Einige Tage zuvor hatte man bei einem anderen Briefmarkensammler, einem gewissen Oscar Bailey, eingebrochen. Ich glaube, daß die beiden Verbrechen irgendwie zusammenhängen. Eine der Marken, die Bailey gestohlen wurden, war der ›Jersey Devil‹.«
Corflu nickte. »Ich habe darüber gelesen. Jetzt, da Sie es erwähnen, erinnere ich mich wieder. In den Zeitungen stand zwar nichts über den ›Jersey Devil‹, aber es wurde behauptet, daß eine wertvolle Zweicentmarke der Insel Hawaii verschwunden ist.«
»Das ist richtig.«
»Wieviel ist sie wert?« erkundigte sich Corflu.
»Dreißig- oder vierzigtausend Dollar.«
»Mein armer ›Jersey Devil‹ wird wahrscheinlich nie soviel bringen, Captain.«
»Wir wollen die Marke und den Mörder von Dexter Jones, Mr. Corflu.«
»Warum kommen Sie deshalb zu mir?«
»Weil ich aus den Unterlagen der Telefongesellschaft entnommen habe, daß Jones am Tag vor seiner Ermordung und am Tag, nachdem er mir vom ›Jersey Devil‹ erzählt hatte, ein Ferngespräch mit Ihnen geführt hat.«
Benedict Corflu dachte eine Weile schweigend nach. Schließlich sagte er: »Ja, das stimmt. Ich bin Dexter Jones nie begegnet, aber wir haben gelegentlich miteinander telefoniert. Es tut mir leid, daß er so ein Ende genommen hat.«
»Und warum hat Jones Sie an jenem Tag angerufen?«
»Als Sammler war er an der Serie des ›Jersey Devil‹ interessiert. Wir hatten deshalb schon öfter miteinander gesprochen. Aus diesem Grund wollte er mich warnen. Ein Kriminalbeamter hatte ihn offenbar über die ›Devil‹-Marken ausgefragt. Ich nehme an, daß Sie dieser Beamte gewesen sind.«

Leopold nickte. »Weiter!«
»Und zum anderen hat er mir gesagt, daß sich jemand wegen der gestohlenen Marke von Hawaii mit ihm in Verbindung gesetzt hatte. Die Zeitungen hatten kein Bild der Marke gebracht, und diese Person wollte wissen, wie sie aussieht.«
»War diese Person zufällig ein Mädchen?«
»Darüber hat Jones nichts gesagt. Er fühlte sich der Sache lediglich nicht ganz gewachsen. Offenbar hat er dem Anrufer geantwortet, er müßte die Marke selbst sehen, um sicher sein zu können, und er war im Zweifel, ob er Bailey benachrichtigen sollte. Die beiden sind bittere Rivalen gewesen. Und ich hatte das Gefühl, daß Jones angesichts des Diebstahls eine gewisse Schadenfreude empfand. Trotzdem wollte er in die Angelegenheit nicht verwickelt werden.«
»Hat er Sie um Rat gefragt?«
»Gewissermaßen, ja.« Corflu lächelte flüchtig. »Jones ist ein ehrlicher Mensch gewesen, Captain, aber auch ehrliche Menschen geraten manchmal in Versuchung. Ich hatte offengestanden den Eindruck, Jones versuchte mich auszuhorchen, ob es für die gestohlene Marke eine Absatzmöglichkeit gäbe. Vermutlich hat er angenommen, daß ein Mann, der illegal Briefmarken druckt, auch am Kauf gestohlener Marken interessiert sein könnte.«
»Hat er Ihnen das gesagt?«
»Nein, nein. Aber sein Angebot war deutlich. Falls es einen Käufer für die Marke gäbe, könnte er sie beschaffen.«
»Und was haben Sie darauf geantwortet?«
Benedict Corflu lächelte erneut. »Ich habe ihm geraten, entweder Bailey oder die Polizei zu benachrichtigen und die Finger von der Sache zu lassen.«
»Sie haben sich also ganz wie ein ehrlicher Bürger verhalten.«
»Der ich tatsächlich bin.«
»Und danach haben Sie nichts mehr von Jones gehört?«
»Nein. Aber das wissen Sie. Sie haben schließlich eine Liste seiner Telefonate.«

Leopold stand auf. Sein Arm hatte unter dem Gipsverband erneut zu jucken begonnen, und er war kaum noch in der Lage, an etwas anderes zu denken. »Es ist möglich, daß wir später noch mehr Fragen an Sie haben, Mr. Corflu.«

»Sie sind jederzeit willkommen.«

Leopold und Fletcher kehrten nach Connecticut zurück. Danach passierte eine Woche lang gar nichts.

Leopold hatte noch nie einen Fall wie diesen bearbeitet, und das Gefühl der Frustration wuchs mit jedem Tag. Es gab keine Spur von dem Mädchen, die gestohlene Marke blieb verschwunden, und sie erfuhren nichts Neues über den ›Jersey Devil‹. Oscar Bailey rief auch weiterhin täglich im Polizeipräsidium an, und Jimmy Duke wartete in seiner Wohnung auf den ersten Gerichtstermin.

Für Leopold stand inzwischen fest, daß Dexter Jones entweder von Bonnie Irish oder Jimmy Duke umgebracht worden war, nachdem dieser Corflus Rat befolgen wollte und ihnen gesagt hatte, daß er die Polizei einschalten würde. Doch die wahrscheinlichste Lösung war nicht immer die richtige, und Leopold begann ernsthaft an eine dritte Möglichkeit zu denken. Was jenes Ferngespräch betraf, so hatten sie lediglich Corflus Aussage. Vielleicht hatte Jones die Zweicentmarke von Hawaii Bonnie Irish abgekauft und sie Corflu übergeben. Ein Mann wie Corflu war durchaus in der Lage, jemanden umzubringen, anstatt ihm den geforderten Preis zu bezahlen.

Leopold stellte also weiterhin Theorien auf und wartete auf die Wende, die früher oder später in jedem Fall kam.

Als es dann soweit war, wurde sie völlig unerwartet von Corflu selbst herbeigeführt. Der Spediteur rief Leopold eines Tages von seinem Büro in Paterson aus an. »Captain, hier spricht Corflu. Erinnern Sie sich an mich?«

»Selbstverständlich.«

»Es gibt Neuigkeiten, die Sie interessieren könnten.«

»So, tatsächlich?«

»Es handelt sich um eine junge Dame namens Bonnie Irish. Suchen Sie sie noch?«
Leopold machte Fletcher ein Zeichen mitzuhören. »Natürlich. Wo ist sie?«
»Sie hat einem New Yorker Freund von mir ein paar Briefmarken zum Kauf angeboten.«
»Das kann ich mir denken. Ist zufällig eine Zweicentmarke aus Hawaii dabei?«
»Diese Marke ist nicht erwähnt worden. Dagegen war die Rede von anderen Stücken aus der Beute des Einbruchs bei Bailey. Zweifellos handelt es sich um das Mädchen, hinter dem Sie her sind.«
»Und wo ist sie jetzt?«
Corflu seufzte. »Das kann ich Ihnen nicht sagen. Ich weiß nur, daß sie übermorgen meinen Freund in New York treffen wird.«
»Ist er bereit, mit der Polizei zusammenzuarbeiten?« fragte Leopold.
»Nachdem ich ihm erzählt hatte, daß es um Mord geht, hielt er es für das beste. Außerdem möchte er, daß ich bei der Begegnung mit dem Mädchen ebenfalls dabei bin.«
»Sagen Sie uns, wo und wann das Treffen stattfindet«, forderte Leopold ihn auf. Und zum ersten Mal seit Wochen hatte er seinen gebrochenen Arm vergessen.

Das Ladengeschäft der »Royal Stamp Sales« lag mitten in Manhattan in einer düsteren Seitenstraße der Sixth Avenue. In den Schaufenstern lagen verblichene und wahrscheinlich wertlose Briefmarken aus aller Welt. Es war ein Laden, den der normale Passant kaum beachtete, doch an diesem besonderen Morgen herrschte dort rege Betriebsamkeit. Corflus Freund hatte eine Herzkrankheit vorgeschoben und es Corflu selbst überlassen, ihn hinter der Ladentheke zu vertreten. Corflu wirkte in seinem konservativen Anzug und der Krawatte sehr solide und vertrauenerweckend. Zwei Beamte der

New Yorker Kriminalpolizei assistierten ihm hinter der Ladentheke. Sie sollten, falls es überhaupt dazu käme, die Verhaftung vornehmen.
Leopold war am Rande des Geschehens in der Halle eines Hotels auf der gegenüberliegenden Straßenseite postiert, während Fletcher, als Postbote verkleidet, eine Schlüsselrolle bei der Aktion spielen sollte. Er würde kurz nach dem Mädchen den Laden betreten und ihm den Fluchtweg abschneiden.
»Ich komme mir in dieser Verkleidung lächerlich vor«, beklagte sich Fletcher bei Leopold in der Hotelhalle.
»Unsinn! Auf diese Weise können Sie ihr folgen, ohne Verdacht zu erregen.« Leopold packte Fletcher am Arm. »Da! Könnte sie das sein?«
Eine Frau Anfang Zwanzig mit der Figur einer Tänzerin kam die Straße entlang und studierte aufmerksam die Hausnummern der Geschäfte auf der gegenüberliegenden Seite. Fletcher rückte seine Mütze zurecht und trat auf den Bürgersteig hinaus. Vor dem Eingang von »Royal Stamp Sales« blieb das Mädchen einen Augenblick stehen, schien die Schultern zu straffen und ging dann hinein. Fletcher war nur fünf Schritte hinter ihr.
Leopold wartete ungeduldig und strich nervös mit der rechten Hand über den harten Gipsverband am linken Arm. Es konnte kaum eine Minute gedauert haben, doch ihm kam es wie eine Ewigkeit vor. Er fluchte leise und trat auf die Straße. Es herrschte reger Verkehr, so daß es einige Zeit dauerte, bis er die Straße überquert hatte. Durch die staubigen Schaufensterscheiben konnte er nicht sehen, was drinnen geschah, doch gerade, als er den Ladeneingang erreicht hatte, flog die Tür auf, und das Mädchen rannte, eine Pistole schußbereit in der Hand, heraus.
Als sie Leopold sah, hob sie die Waffe, doch der Captain holte aus und schlug sie ihr mit seinem Gipsverband aus der Hand. Ein stechender Schmerz fuhr ihm durchs Handgelenk. Das

Mädchen wirbelte herum, um davonzulaufen, doch jetzt war bereits Fletcher hinter ihr, packte sie und drehte ihr den rechten Arm auf den Rücken.
»Sie hat gemerkt, daß was nicht stimmt, Captain«, erklärte Fletcher. »Ich hatte allerdings nicht damit gerechnet, daß sie bewaffnet ist.«
Leopold hob die Pistole auf. »Miss Bonnie Irish, wenn ich mich nicht irre, was?«
Sie wehrte sich gegen Fletchers Griff und zischte: »Schert euch zum Teufel!«
Drinnen im Laden sortierten Benedict Corflu und die beiden Beamten der New Yorker Polizei den kleinen Stapel durchsichtiger Briefmarkenumschläge, die Bonnie Irish auf der Ladentheke zurückgelassen hatte. »Ist das alles,« erkundigte sich Leopold.
»Alles – nur die Zweicentmarke aus Hawaii fehlt«, antwortete Corflu. »Sie ist nicht dabei.«
Leopold betrachtete fluchend die Pistole in seiner Hand. »Wir haben Bonnie Irish geschnappt, aber das ist auch alles. Die Pistole ist vom Kaliber 5,6 Millimeter. Dexter Jones ist mit einer Waffe vom Kaliber 8,1 Millimeter erschossen worden.«
Der Fall wurde erneut vorerst zu den Akten gelegt, und diesmal schien es keine Hoffnung zu geben, ihn je neu aufrollen zu können. Bonnie Irish leugnete beharrlich, mit dem Mord an Dexter Jones etwas zu tun zu haben, und man konnte ihr lediglich die Beteiligung an dem Einbruch zur Last legen. Die Zweicentmarke aus Hawaii blieb verschwunden, und Oscar Bailey forderte weiter die Polizei auf, sie ihm wieder zu beschaffen. Benedict Corflu kehrte zu seiner Spedition und offensichtlich auch zu seinen privaten Postgeschäften zurück.
An einem sonnigen Apriltag fragte Fletcher schließlich: »Glauben Sie, wir müssen im Jones-Mord das Handtuch werfen, Captain?«
»Es ist nicht mal ein Monat vergangen, Fletcher. Irgendwas muß sich noch ergeben. Wenn das Mädchen doch endlich

gestehen würde, was sie mit dieser verdammten Marke gemacht hat . . .«

»Vielleicht ist sie nie gestohlen worden. Es könnte doch sein, daß Bailey einen Versicherungsbetrug plant«, warf Fletcher ein.

»Daran habe ich natürlich auch schon gedacht«, brummte Leopold mißmutig.

»Vielleicht hat das Mädchen die Marke Jimmy Duke zurückgegeben.«

»Nein, er hat sie nicht. Wir haben ihn beobachtet. Seit seiner Freilassung gegen Kaution hat er das Mädchen nicht mehr wiedergesehen. Und sie hat es bisher nicht geschafft, die Kaution für sich aufzubringen.«

»Was schließen wir daraus, Captain?« erkundigte sich Fletcher.

»Wir müssen uns vermutlich endgültig damit abfinden, daß es doch ein Raubüberfall gewesen ist.«

Leopold sortierte mit mißmutiger Miene Papiere auf seinem Schreibtisch. Schließlich fragte Fletcher: »Was macht eigentlich Ihr Arm, Captain? Sind die vier Wochen nicht um? Können Sie sich den Gips nicht endlich abnehmen lassen?«

»Morgen ist es hoffentlich soweit. Morgen gehe ich zu Dr. Ranger.«

Am darauffolgenden Vormittag betrat Leopold die Praxis von Dr. Ranger bereits eine Viertelstunde zu früh. Er konnte es kaum erwarten, den Gipsverband endlich loszuwerden.

»Wie geht es Ihnen?« erkundigte sich Dr. Ranger lächelnd. Er trug diesmal einen weißen Arztkittel.

»Es geht mir in dem Augenblick besser, in dem ich dieses Ding hier los bin«, antwortete Leopold.

»Na, dann sehen wir mal nach.« Ranger nahm eine kleine elektrische Säge zur Hand und legte sie an den Gipsverband an. Leopold fühlte das Kitzeln der Säge auf seiner Haut, als sie die Gipshülle schließlich durchschnitten hatte. »Haben Sie in letzter Zeit interessante Mordfälle gelöst?«

»Es gab nur einen Mord – und der ist bei weitem noch nicht gelöst«, antwortete Leopold. »Er war eine Folge jener Nacht, in der ich mir den Arm gebrochen habe.«
»So?« Ranger öffnete den Gipsverband. »Sie meinen doch nicht den Mord an diesem Universitätsprofessor Jones, von dem ich gelesen habe?«
»Doch, genau den.«
»Haben Sie schon eine Spur von dem Mörder?« Ranger entfernte die zwei Hälften des Gipsverbandes, und Leopold starrte auf sein dickes Handgelenk mit der schuppigen Haut.
»Bewegen Sie es nicht«, warnte Ranger. »Wir müssen es erst röntgen.«
»Nein, keine Spur«, antwortete Leopold und bewegte vorsichtig die Finger.
Ranger trug den Gipsverband ins angrenzende Zimmer, dann führte er Leopold ins Röntgenlabor und legte den Arm auf den Röntgentisch. »Ich habe Jones übrigens flüchtig gekannt«, sagte Ranger unvermittelt. »Aber ich habe ihn seit Jahren nicht gesehen.«
»So?«
»Ja, ist er nicht ein grauhaariger Mann mit Brille und einer Warze auf der Nase gewesen?«
»Doch, das war er«, erwiderte Leopold.
»Dacht' ich's mir. Wir sind uns mal bei einer Tagung begegnet. Daher mein Interesse an dem Fall.«
Kurz darauf hatte Ranger die Röntgenbilder in der Hand.
»Wie sieht der Arm aus?« erkundigte sich Leopold gespannt.
»Heilt der Bruch?«
Der Arzt hielt die Bilder gegen eine Lampe. »Der Bruch ist noch deutlich zu sehen, aber hier hat sich schon eine neue Knochenschicht gebildet. Ich denke, ich kann Ihnen für die restlichen Wochen eine Gipsmanschette machen. Das dürfte genügen.«
Leopold folgte Ranger in das Behandlungszimmer. Nachdem er die neue Gipsmanschette bekommen hatte, stand der Cap-

tain auf und ging, ehe Ranger ihn daran hindern konnte, in das angrenzende Zimmer hinüber. »Ich möchte den Gipsverband, den Sie mir gerade abgenommen haben, als Souvenir behalten«, erklärte er.
Dr. Ranger lächelte noch immer. »Tut mir leid, aber das geht nicht«, entgegnete er, drängte sich an Leopold vorbei und zog blitzschnell eine Schublade auf.
Leopold sah das Glitzern der Pistole aus den Augenwinkeln, holte mit der schweren Gipshülle im Drehen schwungvoll aus und schlug Ranger damit die Waffe aus der Hand. Ranger hielt den Atem an und rieb sich das schmerzende Gelenk.
»Hoffentlich ist die Hand nicht gebrochen, Doktor«, sagte Leopold, legte den Gipsverband beiseite und zog die Dienstwaffe.
»Und jetzt unterhalten wir uns mal über den Mord an Dexter Jones.«

Lieutenant Fletcher brachte eine Tasse Kaffee und stellte sie auf Leopolds Schreibtisch. »Wie zum Teufel sind Sie auf Dr. Ranger gekommen, Captain?« fragte er verwirrt.
»Eigentlich ist mir erst ein Licht aufgegangen, als er die Pistole gezogen hat. Heutzutage scheinen Mörder die Mordwaffe nicht mehr wie früher in Flüsse zu werfen, Fletcher. Er hat sich vermutlich sehr sicher gefühlt.«
»Aber warum hat er Jones umgebracht?«
»Sie haben mir selbst erzählt, daß Ranger für zwei Ex-Frauen Unterhaltszahlungen leisten muß. Die Aussicht, dreißig- oder vierzigtausend Dollar zu verdienen, muß verdammt verlokkend für ihn gewesen sein. Und als Jones dann gedroht hat, der Polizei Bescheid zu sagen, hat Ranger ihn erschossen.«
»Sie meinen, er hat Jones die Zweicentmarke aus Hawaii angeboten?« Leopold nickte. »Aber wo ist die Marke die ganze Zeit gewesen?«
Leopold hielt eine Hälfte seines schweren Gipsverbandes hoch und zog das Baumwollfutter leicht zurück. »Genau hier

drunter, Fletcher. Ich habe das verdammte Ding, ohne es zu wissen, vier Wochen lang mit mir rumgeschleppt.«
»Im Gipsverband?« Fletcher starrte ungläubig auf die alte, schlecht gedruckte Marke.
»Wissen Sie noch, daß mein Handgelenk in jener Nacht schmutzverschmiert gewesen ist? Die Marke muß mit den anderen aus Dukes Tasche zu Boden gefallen und dann an meinem Handgelenk kleben geblieben sein. In der Dunkelheit und durch die Schmerzen habe ich davon nichts gemerkt. Dr. Ranger hat sie dann entdeckt, als er meinen Arm gesäubert hat. Der Zufall wollte es, daß er damit die wertvollste Marke der gesamten Sammlung in seinen Besitz gebracht hatte, aber das konnte Ranger zu diesem Zeitpunkt noch nicht wissen. Ich erinnere mich, daß er sofort vermutet hat, daß der Einbruch bei Bailey stattgefunden hatte, obwohl ich nur von einem Haus im nächsten Block gesprochen hatte. Ranger war seiner Sache deshalb so sicher, weil er die Marke an meinem Handgelenk gefunden hatte.«
»Aber warum hat er sie in Ihrem Gipsverband versteckt?«
»Das war natürlich ein spontaner Einfall. Er hat erkannt, daß es sich um eine Zweicentmarke aus Hawaii handelte, aber er wußte nicht, daß sie so wertvoll war. Trotzdem war es ihm zu gefährlich, sie bei sich aufzuheben, und er wußte ja, daß ich wiederkommen würde. Der Gipsverband war folglich das beste Versteck.«
»Und wie ist das mit Jones passiert?«
»Ranger hat Jones angerufen, um mehr über den Wert der Marke zu erfahren. Bailey konnte er ja schlecht um Rat fragen, und Jones war ihm entweder als Sammler bekannt, oder er hat seinen Namen wie ich von der Stadtbibliothek erfahren. Jones hatte allerdings bereits in der Zeitung alles über die Marke gelesen und sofort angenommen, daß der Doktor keine hypothetische Frage stellte. Zuerst hatte er vermutlich vor, Ranger beim Verkauf der Marke zu helfen, aber nach meinem Besuch und dem Telefongespräch mit Corflu

muß er seine Meinung geändert haben. Als er Ranger das sagte, hat der Doktor seine vierzig Riesen natürlich davonschwimmen sehen und befürchtet, wir würden auf das Versteck im Gipsverband kommen, sobald wir erführen, daß Ranger in die Sache verwickelt war. Deshalb hat er Dexter Jones erschossen.«

»Einfach so?«

»Einfach so. Ich hatte ihn eigentlich nie richtig im Verdacht. Aber heute morgen in seiner Praxis hat er behauptet, Jones von früher zu kennen, und ihn mir als einen Mann mit Brille und einer Warze auf der Nase beschrieben. In der Dunkelheit auf dem Parkplatz muß es auch so ausgesehen haben, aber ich wußte, daß es sich bei dieser ›Warze‹ lediglich um eine Brandwunde handelte, die sich Dexter Jones am Tag meines Besuchs in der Universität zugezogen hatte. Tja, und dann fiel mir auf, wie schnell er den Gipsverband ins Nebenzimmer geschafft hat. Deshalb habe ich behauptet, ihn behalten zu wollen. Da hat er dann die Nerven verloren.«

»Und das alles für eine Briefmarke«, überlegte Fletcher. »Na, wenigstens ist der Fall gelöst, und Sie sind den Gipsverband los, Captain.«

Leopold strich mit der Hand über die Gipshülle auf seinem Schreibtisch. »Wissen Sie was, Ich werde ihn vermissen. Manchmal war er doch recht nützlich.«

20 –